文春文庫

神さまを待っている

畑野智美

文藝春秋

神さまを待っている

目次

神さまを待っている

五百円の鯵フライ定食

鯵《あじ》フライには、ソースだ。

しかし、テーブルの端に並んでいるのは、醬油《しょうゆ》と塩だけだ。

隣にも反対側にも向かい側にもソースがあるのに、この席だけない。

店員さんは定食が載ったお盆を両手に持って、テーブルの間を通り抜けていき、次々に入る注文に対応している。近くを通った時に「ソースください」と言えばいいだけだと思っても、タイミングが摑《つか》めない。隣の人に「借りていいですか？」とお願いしようにも、スーツを着た男性の二人連れで、銀行がどうとか証券会社がどうとか真剣に話していて、声をかけにくかった。反対側は、わたしと同じように女性一人だけれど、さっきからずっとスマホを見ていて顔を上げない。

これが鯵の開きならば、ソースなんてかけない。かけるとすれば、醬油だ。だから醬油でもいいじゃないかと思う。鯵フライに醤油をかける人もたくさんいる。でも、衣にしみこむとしょっぱくなるから、わたしは苦手だ。付け合わせの千切りキャベツにも、サッとソースを回しかけたい。

ネットでお店を知ってから、ワンコインランチで出される数量限定の鯵フライ定食を食べてみたいとずっと考えていた。午前中の仕事が早めに終わった今日がチャンスだと思い、十二時になったのと同時に会社を出た。それでも並んでいて、二十分くらい待った。なくなっちゃうかもしれないと不安だったのだけれど、無事に注文できた。

次にいつ来られるかわからないし、一番おいしいと感じられる状態で食べたい。でも、店員さんや隣の人に声をかけられるタイミングを待っているような時間はない。派遣《はけん》社員なので、時給で働いていて、昼休みは一時間と決まっている。十三時までに、会社へ戻らなくてはいけない。お箸《はし》を手に取り、厚みのある鯵フライを持ち上げ、一口かじる。鯵はふっくらとしていて、揚げたての衣はサクサクで香ばしい。何もかけなくても、鯵にほど良い塩気がある。千切りキャベツは、小鉢のポテトサラダと一緒に食べる。

これで充分だと思っても、何かが足りないと感じる。

会社に戻って席に着き、午後の仕事を進める。

正社員だって、昼休みは一時間と決まっているが、まだ戻ってきていない人がいる。

パソコンに向かって手を動かしつつ、お喋《しゃべ》りしながら戻ってくる正社員たちに「おかえりなさい」と声をかける。役職順に奥から席が並んでいるので、派遣社員のわたしの席は一番端《はし》っこだ。全員がわたしの後ろや横を通っていく。

「水越《みずこし》さん、ちょっと」

「はい」

呼ばれて顔を上げると、わたしから一番遠い席で、部長が手招きしていた。

立ち上がって、奥へ行こうとしたら、部長がわたしの方に来た。何も言わず、そのまま廊下に出ていく。

わたしも後ろについていき、廊下の先にある会議室に入る。

この会社で一番広い会議室だが、使われることはあまりない。椅子と机がロの字型に並んでいる。ドアを開けてすぐのところの角に部長が座ったので、わたしはその斜め前に座る。

部長は気まずそうにわたしを見るだけで、何も言わない。呼ばれた方から何か言うのもおかしい気がしたから、わたしも黙って部長を見る。

そのまま、しばらく見つめ合う。

息が詰まりそうだったので、目を逸《そ》らして窓の外を見る。青々と輝いている葉をつけた街路樹が太陽の光を浴びて、まだ五月なのに、陽射しは夏のようだ。

「お昼、何を食べたの？」部長が言う。

「駅の向こうまで行って、ワンコインランチを食べてきました」視線を戻し、部長を見る。

「ワンコインランチ？」

「定食屋なんですけど、ランチタイムだけ五百円で食べられるんです」気まずさに耐え切れず、早口になった。「五百円一枚で済むから、ワンコインランチっていうんですよ。そこで、限定の鰺フライ定食を食べました。選べる小鉢とお漬物もついて、鰺フライも大きくて、五百円でもお腹がはち切れそうなくらいの量があるんです。小鉢は、ポテトサラダにしました。並んでいたんで、お昼休み中に戻ってこられるように、急いで食べて、走って帰ってきました」

ソースがなくて困ったことも話そうかと思ったけれど、どうでもいいことだから、やめておいた。

「五百円で、それだけ食べられるのはいいですね」表情が少しだけ和《やわ》らぐ。

「まあ、五百円でも、わたしにはちょっとした贅沢《ぜいたく》ですけど」

お金の話をしたせいか、部長はまた気まずそうにして、黙ってしまう。

その表情に、やっぱり、と感じた。

大学を卒業して三ヵ月が経った頃、わたしはこの会社に派遣されてきた。文房具を開発している会社で、ステーショナリー事業部のカタログ製作がわたしに任された仕事だ。

カタログ製作の中心になっている人は正社員で、彼女の指示通りに写真をレイアウトしたり、価格を打ちこんだりする。他に、庶務《しょむ》の仕事も任されている。派遣されてきて、もうすぐ三年になる。

派遣可能期間は三年まで、と労働者派遣法で定められている。

なので、「三年後には、正社員にすることを検討する」というのが派遣されてきた時の約束だった。正社員を目指して、契約外の業務も手伝ったし、遅刻も早退も一度もしなかったし、他社製品も含めて文房具について勉強した。前は違う人が部長で、一昨年の春に今の部長にかわった。口約束でしかないので、ちゃんと引き継がれているのか心配だったのだが、去年の今頃に部長から「正社員になるまであと一年だね」と、言われた。様子を確認するための面談に来た派遣会社の担当者の男性も「大丈夫そうですね」と、言っていた。

「水越さん、申し訳ない」部長は、膝《ひざ》に両手をついて頭を下げる。

「……何がですか？」

「正社員登用《とうよう》の件、無理になった」

「どうしてですか？」

「業績が悪化して、新卒の採用人数も減らすことになった。パソコンやスマホの時代になっても、文房具を使う人は多くいる。でも、以前より減ったのは確かだ。町にあった個人経営の文房具屋は、なくなりつつある。ヒット商品を出せなくては、やっていくのが難しい。水越さんはよく頑張ってくれたし、どうにかして正社員にできないか考えたのだけれど、無理だった」

「そうですか……」

「派遣会社の人に言って、担当者さんから水越さんに伝えることなんだろうけれど、それではいけない気がした。三年間、うちの会社のために働いてくれた水越さんのことを考えたら、自分で言うべきだと思った」

「あの、たとえば、他の部署にまた派遣として勤めることはできませんか？　そこで三年勤めて、その後に正社員になれるか検討していただくのは、無理でしょうか？」

一つの部や課に対して三年までなので、同一の会社の他部署で働くことはできるはずだ。

「それも、難しい」下を向いたまま、首を横に振る。

「そうですよね」

「派遣会社にも連絡しておくから、今後のことは担当者さんと相談して」

「わかりました」

「契約が切れるまでは、働いてもらえるよね？」不安そうに、部長はわたしを見る。

「もちろんです」

「残った有休は使ってもらってかまわないから。あと、失業保険をもらえると思います。詳しくは、派遣会社の担当者さんからうちの総務部の人に聞いて」

「はい」

「それじゃあ、来月末まで、よろしく」席を立ち、会議室から出ていく。

「よろしくお願いします」わたしも立ち上がり、後ろ姿に頭を下げてから、もう一度座る。

仕事に戻らないといけないと思っても、身体が動かない。

店員さんか隣の人に声をかけて、ソースをもらえばよかった。

それだけのことがどうして言えなかったのだろう。

あと一ヵ月と少しの間で、また鰺フライを食べにいけるのだろうか。

†

ハローワークは、なんだか苦手だ。

新しい施設だし、照明も明るすぎるくらいなのに、暗く感じる。

ここに来るのは、ほぼ全員が失業者だ。三十代から四十代の人が多い。就職は無理としか思えないような年配の方もいる。わたしと同じ、二十代半ばの女性は少ない。失業していることに後ろめたさや気まずさがあるのか、わざとらしいくらいに誰も目を合わそうとしなかった。ソファーに座り、求職の相談や失業保険の手続きの順番を待ちながら、全員が斜め下を向いている。職探し中という立場だからか、お洒落《しゃれ》しているような人もいない。夏なのに、くすんだ色の服を着て、疲れた顔をした人ばかりだ。

文房具メーカーの派遣契約期間が終わってから、もうすぐ二ヵ月が経つ。

今日は、失業保険の二回目の認定日だ。

失業保険を受給するためには、ハローワークに来なくてはいけない。

会社から送られてきた書類を提出して手続きした後で、受給説明会に参加する。それから指定された認定日に来て求職活動の状況を報告して、実績が認められたら給付される。最初の認定日は、受給説明会の一週間後だった。自分から「辞めたい」と言って退職した場合、自己都合という扱いで、給付されるまで三ヵ月くらい待たなくてはいけない。わたしは、派遣期間が終わり辞めなくてはいけないという状況で退社したので、会社都合となって、それほど待たずに給付される。認定日からほんの数日のうちに、一週間分の失業保険が振り込まれた。

二回目以降の認定日は四週間ごとで、その間に最低でも二回の求職活動が必要になる。わたしが住む東京二十三区は求人が多いので、他の地域よりも基準が厳しいらしい。面接を申し込んだり、就職支援セミナーに参加したり、積極的に動くことが求められる。

そんな中でも、不正受給する人もいるようだ。求職活動しているフリをして、働かずにお金をもらえるだけもらおうとしている。そういう人は、見ただけでわかる。疲れた顔をした人の中で、気楽そうにしている。二十代後半から三十代の男性が多い。わたしと同世代の女性もいる。働こうと思えばすぐにでも働けそうなのに、楽しようとしている。

二十代だから、大学を出たからといって、必ず就職ができるわけではない。わたしは、大学生の時、必死に就職活動をした。しかし、何十社も受けて、採用されたのは一社だけだった。それは、最終面接でセクハラを受けた会社だ。いきなり「彼氏は、いるの？」と、三十代前半くらいの男性面接官から聞かれた。どうしてそんな質問をされるのか意味がわからないと思いつつ、「いません」と答えた。三人いた男性の面接官から「いつからいないの？」「どういう男性が好み？」「合コンとかするの？」と、質問がつづいた。面接を終えて廊下に出たら、同じ大学の女の子がいた。どうだったか聞くと、そんなことは聞かれなかったと言われ、ただのセクハラだったのだと気がついた。手にした採用通知に喜べるはずがなくて、辞退した。就活を始めたばかりの頃のことだ。

一社は内定が出たのだから、いつかどこかに採用されるはずだと思い、卒業するギリギリまで就活をつづけた。けれど、どこにも採用されないまま、春になった。卒業後も三ヵ月間は、在学中からつづけていたパン屋さんのアルバイトで生活費を稼ぎながら、仕事を探した。何社受けても採用通知はもらえなかったので、派遣会社に登録した。

わたしが卒業したのは、堂々と言えるような大学ではないけれど、言えないほどでもない。大学の同期のほとんどが在学中に就職を決めた。高望みしたのがわたしの敗因だったのだと思う。できるだけ早く自立したくて、給料の高い会社ばかり受けた。集団面接では高学歴の人たちに囲まれ、気持ちで負けてしまった。このままではいけないと思っても、水準を下げられなかった。

カウンターの上のモニターに、わたしの持っている番号が表示される。

「こちらにどうぞ」女性の職員が手をあげる。

「よろしくお願いします」失業認定申告書と一緒に受付でもらった番号札を出して、職員の前に座る。

失業認定申告書には、前回来た時から今日までの求職活動について書いてある。

職員の女性は、失業認定申告書に目を通す。わたしより年上で、三十代半ばくらいだろう。化粧していないように見える顔には、小さなシミがいくつかある。

「ここの会社が結果待ちということですか？」

「先週の水曜日に面接を受けたので、今週中には連絡がくると思います」

「他は、結果が出ているんですね？」

「全て、不採用でした」

「水越さんは四年制の大学を出ているし、まだ若いし、エクセルやワードは一通りできるし、これだけ受けているならば、採用されてもいいと思うんですよね」

「……なかなか難しくて」

「正社員じゃなくても、アルバイトや派遣でもいいんじゃないですか？」

「正社員がいいんです。だから、もう少し頑張ります」

「どうして正社員がいいんですか？」

「いや、あの、その」理由はあるのに、急に聞かれたので、どう話せばいいのかわからなくなった。

「ちゃんと求職活動してるんですよね？」職員の女性は疑っているような目で、わたしを見る。

「してます！　わたし、どうしても、正社員になりたいんです！」

「わかりました。次までに決まるといいですね」

「……はい」

「では、こちらが次回の認定日になります」

「ありがとうございます」認定日が書かれた失業認定申告書をもらい、席を立つ。

廊下に出ると、掲示板に求人票が貼ってあり、人が群がっている。

条件を問わなければ、仕事はいくらでもある。

でも、それでは駄目なんだ。

文房具メーカーに派遣される前は、パン屋さんのバイトで生活しながら就活をつづけることが苦しくなり、正社員を目指す道から逃げた。一年か二年ならば、バイトで暮らしていくことはできた。けれど、十年や二十年先を思うと、怖くなった。待遇《たいぐう》は学生アルバイトと同じだ。有休は取れないし、社会保険にも加入していなかった。風邪をひいて休めばお金はもらえなくなり、もしもパン屋さんが潰《つぶ》れたとしても保障は何もない。とにかく状況を変えたかった。派遣先が決まり、正社員登用の約束をしてもらえた時には、これで良かったんだと思えた。

それなのに、こうしてまた求職活動をすることになった。

終身雇用《しゅうしんこよう》なんて夢でしかないのかもしれない。でも、三年で契約を切られるような働き方では、同じことを繰り返す。来月の誕生日で、わたしは二十六歳だ。三年後には、今以上に求職活動は難しくなる。

失業保険は、九十日間まで給付される。

一日で約五千円、一ヵ月で十五万円くらいもらえる。給料より少ない額だが、生活できないというほどではない。貯金も二十万円ある。派遣会社の担当者さんにお願いすれば、次の派遣先を紹介してもらえる。でも、今度は正社員になるまで、諦めないと決めた。

大学生の頃に資格を取ったり、留学したりすればよかったのかもしれない。友達に誘われるまま、ボランティアサークルに入ったけれど、熱心に活動していたわけではない。熱心な人たちが、発展途上国への支援がどうこうと話しているのを、ぼんやり聞いていただけだ。資格は、高校生の時に取った英検準二級と大学生の時に取った漢検二級しか持っていない。卒業して三年以上が経つのに、面接でアピールできるようなことが見つからないままだ。

求人票を一通り見てから廊下の先まで行き、エレベーターで一階に下りて外に出る。ビルとビルの間に浮かぶ太陽は、全力でアスファルトを熱している。

蟬《せみ》の声が、耳鳴りのように聞こえる。

街路樹はあるけれど、蟬なんていそうにない。

遠くまで見ようとしても、高いビルに視界を遮《さえぎ》られた。

どうしてこんなところにハローワークを建てることにしたのか、同じ通り沿《ぞ》いには人気のセレクトショップやSNSで話題のカフェが並んでいる。まだ午前中だけれど、夏休みだからか十代の子がたくさんいる。休み中限定という感じの金に近いくらい茶色い髪の女の子たちがピンク色のアイスクリームをスマホで撮っていて、さっきまでいた場所とは違う色鮮やかさに、軽いめまいを覚える。

せっかくだから、どこかで買い物をしてお茶を飲んでゆっくりしていきたいけれど、そんなことができるお金はない。

一人で暮らすアパートの家賃が六万円、食費、光熱費、スマホの通信費、生活するために必要なお金はこれくらいだ。しかし、払わなくてはいけないものが他にたくさんある。六月の半ばに住民税の通知が来た。支払い日は年に四回あり、六月末が一回目で、今月末が二回目だ。収入が多かったわけでもないのに、結構な額の請求が来た。十月には、アパートの更新料で家賃の一ヵ月半分の額が必要になる。国民年金や国民健康保険、NHKの受信料も払っている。

何も見ないようにして、駅へ向かう。

アパートに帰ると、郵便受けに高校の友達から結婚式の招待状が届いていた。式は、十月だ。六月の終わりにも、高校の友達の結婚式があり、そこに出席した時に彼女と会って結婚の報告を受けた。「式に来て」と言われて、断れるはずがない。九月の初めには、大学のサークルの先輩が結婚する。二次会の受付をやってほしいと頼まれた。去年の終わりから今年にかけて、女友達の何人かが学生の時から付き合っている彼氏と結婚した。派遣社員なので契約外である日曜や祝日出勤はなかったから、「仕事が忙しくて」という言い訳は使えず、呼ばれた結婚式には全て出席した。

友達がウェディングドレスを着て、幸せそうにしている姿を見られるのは、嬉しい。高校や大学の友達と会えるのも、楽しみだ。でも、手にした招待状に、血の気が引いていく。会費制のパーティであることを期待して開封してみたが、都内にあるホテルが式場だった。

ご祝儀《しゅうぎ》、どうしたらいいんだろう。

†

ワンピースを着て、鏡の前に立つ。

サークルの先輩の結婚式は午後からなので、余裕を持って準備ができる。

結婚式のために、ワンピースを買ってしまった。

前に着たもので行けばいいと思ったが、文房具メーカーで働きはじめた頃に買ったワンピースしかなくて、五回は結婚式で着ている。アクセサリーやショールで雰囲気《ふんいき》を変えるという技も、もう限界だ。

わたしが呼ばれる結婚式は、高校生か大学生の頃の友達のものだ。この二パターンから更に、バドミントン部の友達や先輩、クラスの友達、ボランティアサークルの友達や先輩、バイトの友達と細分化されていく。けれど、部活もクラスも一緒だった友達とは、何回も会うことになる。基本的なメンツは、あまり変わらない。見栄をはりたいわけではなくても、同じワンピースで何回も行くのは恥ずかしかった。

それしか見ないと決めて、セレクトショップに行った。試着した後も一度は断り、悩みに悩んだ。結婚式はこれからもあるし、頑張って節約してきたし、夏の最終セールで半額から更に二割引きになっているしと思い、買うことにした。

レースやビジューはついていないシンプルなワンピースだ。前のは黒だったので、青にした。ロイヤルブルーと呼ばれる濃いめの青だ。胸元はボートネックでそんなに開いていなくて、フレンチスリーブだから、結婚式に出るのでもショールは必要ない。ひざ丈で、腰から下はふわりと広がっている。

お財布から一万円札を出した時、胃が痛くなるような感じがして、やっぱりやめますと言おうか迷ったが、買って良かった。

鏡にうつる自分を見たら、気分が上がるのを感じた。

わたしの周りにうつっているのは、大学二年生の秋から住んでいる六畳一間のアパートのキレイとは言えない部屋だ。掃除はしているけれど、小さな押入れしかなくて、服や本を整理しきれない。六年も住んでいるから、壁紙《かべがみ》が薄汚れている。失業保険をもらうようになってからずっと、面接かハローワークに行く以外は、できるだけ外に出ないようにしていた。電気代が高くなるので、どんなに暑くてもクーラーはつけず、扇風機《せんぷうき》しか使わないで耐えた。

新しいワンピースを着ただけで、狭い部屋で鬱々《うつうつ》としていた気持ちが晴れ渡っていく。セール品だったから返品はできないし、悩んでも無駄だ。

色も形も、わたしによく似合っている。

かわいい服を着て、先輩の結婚式に出席して、友達と会うのを楽しんだ方がいい。

就職できないことを深刻に考えすぎていたせいで、採用されなかったのかもしれない。頑張りますという熱意は大事だけれど、必要以上の必死さは余裕がなくて、怖く見えるだろう。

ご祝儀の三万円も用意できた。

出費が重なり、どうにもならないと感じてしまっていたが、冷静になった方がいい。失業保険はまだもらえるし、貯金もある。焦らなくても、大丈夫だ。

しかし、美容院には行かずに髪は自分でセットして、お化粧をする。

九月になっても暑い日がつづいている。髪はコテで巻いてからアップにして、百円ショップで買ってきたヘアピンで留める。メイクも、百円ショップで買ってきた化粧品を使い、普段より少しだけ派手にする。

大学生の頃は、一人暮らしの友達で集まり、お金がなくても遊べる方法を考えた。自転車で三駅先の格安スーパーまで行って食材を買ってきて鍋パーティをしたり、無料で遊べるレジャー施設に行ったり、百円ショップで材料を揃えて棚を作ったり、楽しいことはたくさんあった。

節約していても、充実した生活はできるはずだ。後ろ向きにならず、前を向かなくてはいけない。

電車に乗り、結婚式に向かう。

今日の式場は、都心にあるホテルだ。

電車賃さえも惜しいと感じたけれど、考えないようにする。高校生の頃の友達は、地元の静岡のホテルで式を挙げる人が多い。東京からもっと遠ければ、それを理由に断れるが、静岡県の中でも神奈川県寄りの方だから日帰りできる。新幹線代は出してもらえないことがほとんどだ。東海道線や長距離バスでも行けるけれど、時間がかかる。往復のどちらかは、新幹線に乗ることになる。それに比べれば、都内の地下鉄で行ける場所の交通費なんて、安いものだ。

式場の案内に書いてあった駅で降りて、改札を出る。

オフィス街だからか、日曜日の今日は、あまり人がいない。

高校を卒業して東京に出てきて七年以上が経つのに、未だにこの街に慣れることができない。

地下鉄の駅一つに対して、出口が多すぎる。

いくつもある表示を見ても、どちらへ行けばいいのか、わからなかった。

スマホで調べた方がよさそうだと思っていたら、後ろから背中を強く叩かれた。

振り返ると、雨宮《あまみや》がいた。

雨宮は、白のワイシャツに黒のパンツという学生服みたいな格好をしている。ジャケットとネクタイは、手に持っていた。

「久しぶり」雨宮が言う。

「久しぶり。背中、痛いんだけど」

「そんなに強く叩いてねえよ」

「男と女は、力が違うの」

「はい、はい。結婚式、行くんだろ?」

「雨宮も、行くんでしょ?」

「式場、わかる?」

「わかんないから、調べようと思って」

「こっちだろ」そう言って、先に行ってしまう。

早足で歩いていく後ろ姿を追いかける。

雨宮についていけば、迷うことはない。

「会うの、いつ以来？」話しながら、雨宮は出口の表示を確認する。

「去年の夏の飲み会以来かな」追いついて、地下通路を並んで歩く。

「その後に、高校の同窓会みたいなのあったじゃん」

「ああ、東京会ね」

「そう、そう。十一月頃」

「じゃあ、それ以来だね」

高校でも大学でも、雨宮とは一緒だった。でも、高校生の頃は、話したこともなかった。一年と三年の時に、同じクラスだった。わたしは、良くも悪くも目立たないように、高校生活を送っていた。雨宮は、中心グループにいたわけではないのに、とても目立っていた。正義感が強くて、関わらなくてもいいことにしょっちゅう首を突っ込んでいたからだ。誰も近づかなかったおとなしい男子に声をかけて友達になったり、どこかの家から逃げ出した鶏《にわとり》を学校に連れてきて飼い主をさがしたり、体育祭で当然のように応援団長を任されたりしていた。顔はいい方だし運動神経もいいから黙っていればもてそうなのに、異常に陽気な人にしか見えなかった。正直に言えば、苦手だと感じていた。

卒業して東京に出てきた友達は何人かいて、同じ大学にも何人かいた。しかし、同じ学部には雨宮しかいなかった。わたしたちの通った大学は、偏差値は普通レベルでも、規模は日本でトップクラスと言える。校舎を一ヵ所にまとめることができず、都内に各学部の校舎が点在している。つまり、近くには雨宮しか知り合いがいないという状態から、わたしの東京生活は始まった。

近寄らないようにしようと思っていたのだけれど、向こうから声をかけてきた。入学式よりも前の新入生ガイダンスの時だった。広い階段教室に入った瞬間に「水越さん！」と、大声で呼ばれた。先に来て、教室の真ん中の席に座っていた雨宮は、両手を振ってわたしを見ていた。逃げたくても、逃げられなかった。だが、嫌だと感じたのは、その一瞬だけだ。

大学でも、陽気な性格を発揮していた雨宮は、とても頼りになった。わたしが東京に怯《おび》えて人見知りしている間に、雨宮はボランティアサークルに入って、友達をたくさん作った。先輩や友達から聞いてきた情報の全てを、わたしにわけてくれた。頼れる男だ、とすぐに印象が変わった。

わたしをボランティアサークルに誘ってくれたのも、雨宮だ。二年生の秋まで、わたしは大学の近くの女性限定アパートに住んでいた。そこでの生活がうまくいかずに悩んでいた時、引っ越し先を探して荷物を運ぶ手伝いをしてくれたのも、雨宮だ。わたしの人生最初の彼氏を紹介してくれたのも、雨宮だった。

「今、仕事は、何してんの？」話したくないことを雨宮は聞いてくる。

「失業中」正直に答える。

「文房具は？」

「派遣期間終わったから」

「正社員になれるんじゃなかったのかよ」

「会社の業績悪化でねえ。好景気になりつつあるとか言われてるけど、まだまだってことだよ」

「だって、正社員登用って、約束してたんだろ？」口調が厳しくなっていく。

「口約束だから」

「いや、口約束でも、約束じゃねえか」

頼れる男だけれど、雨宮はしっかりしすぎていて、たまに鬱陶《うっとう》しい。正義感の強さは、高校生の頃のままだ。

「約束は守られないこともあるんだよ」

「どうして守ってもらえないのか、ちゃんと聞いたのか？」

「聞いたよ。業績悪化って言ったじゃん」

「それだけで、引き下がったのか？」

「うん」

「だから、水越は駄目なんだよ」

「何が？」

久しぶりに会ったのに、話し方がけんか腰になってしまう。

「いい人のフリなんかしないで、文句言ったりしろよ」

「言えないよ。だって、部長はちゃんと考えてくれてたもん」

「本当に、ちゃんと考えてくれたと思うか？」

「思うよ。派遣会社の人に言う前にわたしに話してくれたし、気まずそうにしてたから」

「そういう演技だよ。水越の転職先を考えたりはしてくれてないんだろ？」

「それは……」

わたしもちょっとだけ、そう感じていた。気まずそうにしていた部長は、会議室から戻ると、すっきりした顔で仕事をしていた。ちゃんと考えたという建前《たてまえ》をつくり、わたしから何も言われないようにしたのだと思う。文句を言いたくなったけれど、言ったところで、どうにもならないことはわかっている。揉《も》めるだけ無駄なのだから、黙っていた方がいい。その後、部長から転職先について聞かれることはなくて、辞める日も何も言われなかった。

「辞めた会社について考えてもどうしようもないし、その話はもういいよ」

「良くないだろ」

「雨宮は、どうしてんの？」

「普通に働いてるよ」

「そう」

「安泰《あんたい》の公務員だからな」

雨宮は、区役所の福祉《ふくし》課に勤めている。

失業保険についても詳しいかもしれないと思い、これからのことを相談してみようと派遣期間が終わったばかりの頃に考えたが、やめた。楽してお金を得ようとしている、と怒られる気がした。

大学生の頃は怒られようが何されようが、全てを雨宮に話していた。恋愛のことまで全て話して、彼氏から「やめろ」と注意されたこともあった。わたしと雨宮は、手を繋いだこともないのに、お互いがどんなセックスをしているのかなんとなく知っている仲だ。しかし、雨宮の就職が決まった頃から、話せなくなった。どんなに怒られても同じレベルにいたはずの友達が、遠くへ行ってしまったように感じた。

今は、雨宮に怒られると、ただただ惨《みじ》めになる。

大学生の頃は毎日のように一緒にいたのに、卒業してからは、たまにしか会わなくなった。飲みに行こうと雨宮が連絡してきても、わたしが断った。

「あれは？　彼女は？」仕事のことから話を逸《そ》らすために、わたしから聞く。

「別れた」

「なんで？」

「向こうの浮気」暗い表情をして、雨宮は小さな声で言う。

「へえ、そうなんだ。大変だったね」悪いと思いながら、笑ってしまう。

女運の悪さは、雨宮の唯一の欠点だ。精神的に問題を抱えている子を放っておけなくて優しくするうちに、付き合うことになる。雨宮と付き合って健全になったように見えた女の子は、音信不通になったり手首を切ったりして、またすぐに問題を起こす。大学生の時に、見知らぬ女の子から「雨宮君を取らないで！」と、言われたことが何度かある。取る気は全くないけれど話が通じないので、わたしは「すいません！」とだけ言い、走って逃げた。

「水越は？　彼氏は？」

「いない」

「いつから、いないんだよ？」

「去年の終わりからだから、そんなに前じゃないよ」

文房具メーカーの経理部の人と付き合っていたが、友達の結婚式の話をしたのがいけなかったのか、別れたいと言われた。派遣期間がもうすぐ終わるから結婚したい、とわたしが考えているように見えたのだろう。考えていなかったわけではないけれど、そこまで強く願っていたわけではない。でも、相手には、重かったようだ。一年半付き合ったのに、別れ話はほんの十分もかからずに終わった。

「お互いにフリーってことか」呆れたように笑う。

「そうだねえ。友達は、結婚していくのに」わたしも、笑ってしまう。

おもしろいわけじゃないけれど、雨宮と自分が同じところにいると感じられて、少しだけ安心した。

「静岡、帰ってる？」雨宮がわたしに聞く。

「結婚式に呼ばれて、帰ったよ」

「実家は？」

「帰ってない」

「電話くらいしてんだろ？」

「しないよ。向こうからもかかってこないし」

仕事のこと以上に、嫌な話になってきた。

「弟は？」

「知らない。自分は？　帰ってんの？」

「オレも、正月に帰っただけだな。結婚式、呼ばれないし」

「男子で結婚した人は、まだそんなにいないでしょ」

「そうだな。今日、式の後は？　なんか、予定あんの？」

「ないけど、二次会の受付頼まれてんだよね。片付けも手伝う約束だから、遅くなるかも」

「相変わらず、面倒くさいことを押しつけられてんな」

「そんなことないよ」

「あるって。サークルの時だって、バーベキューの仕切りとか花見の場所取りとか任されてただろ。水越は、もっと強気になって、断らないと。我慢して、いい人ぶっても、便利に使われるだけだからな」

「自分だって、一緒に花見の場所取りしてたじゃん」

「そうだな」

「そうだよ」

「今日、新婦側だろ?」

「うん。新郎側でしょ?」

サークルの先輩同士が結婚するので、女子は新婦側、男子は新郎側で呼ばれた。

「式中も二次会も話せないだろうし、またゆっくり飲みに行こうぜ」

「そうだね」

「失業のことも聞きたいし」

「ああ、うん」

真面目に話せば、雨宮は怒らずに聞いてくれる。知り合いに頼んで、仕事を紹介してくれるかもしれない。でも、それでは駄目だ。大学生の時、わたしはずっと雨宮に甘えていた。誰にも甘えず生活できるようにならなければ、自立にならない。もう大学生ではないのだから、困ったことが起こるたびに、雨宮を頼るわけにはいかない。

「連絡するから」

「うん」

「ここ出たら、目の前だよ」雨宮は、出口の表示を指さす。
階段を上がり、外に出る。
ビルの間に、青い空が広がっている。
空がいつもよりも遠いように感じた。

二次会の受付を頼まれた時は、面倒くさいと思ったのだけれど、引き受けて良かった。式の前や披露宴《ひろうえん》の間は、周りに新郎新婦の親戚や会社関係の人もいたので、友達や先輩と当たり障《さわ》りのないことしか話さなかった。お互いの近況報告をしても、深くは聞かないようにした。失業中であることを雨宮には話せても、他の友達には言いたくない。正社員で忙しく働いていたり、派遣でも結婚を考えている彼氏がいたりする女友達に現状を話せば、雨宮に話した時とは違う惨めさに襲《おそ》われるだろう。勝ち組負け組とか、女同士のマウンティングとかに興味ないと思っても、敗北感を覚える。負けっぱなしだから、興味ないだけだ。どうしているのか聞かれて、嘘《うそ》はつけないので、「文房具メーカーで働いてたんだけど、貯金もあるからしばらく休む。海外でも行こうって考えてる」と、余裕のあるフリをした。彼氏についても、「結婚の話が出るようになって、わずらわしくなっちゃった」と、まるで向こうが結婚を望むようになったから別れたかのような言い方をした。
披露宴が終わって、友達同士だけで話せるようになると、仕事のことも恋愛のことも、一気に話が深くなっていく。喋っている友達に、「二次会の受付頼まれているから」と言って、先にホテルを出て会場に来た。

ホテルの近くにあるイタリアンレストランを貸切にしている。

披露宴に出席できなかった人も、集まっている。親戚や会社関係の人は呼んでいないみたいで、新郎新婦の学生時代の友達ばかりだ。サークルのOBやOGが多くて、ほとんどの人をわたしも知っている。

入口のガラス扉《とびら》の前に、受付用のテーブルと椅子が並んでいる。

ビルの中にあるので、店の外でも、暑くはない。

二次会が始まれば終えていいと言われたのだけれど、遅れてくる人もいたので、そのまましばらく受付にいることにした。

新郎に頼まれたというもう一人の受付の男性には、「後は、やっておくからいいですよ」と伝えて、中に入ってもらった。

座ったまま、ガラス扉の向こうで盛り上がっている人たちを見る。

大学生の時は同じように貧乏で、バカなことばかりやっていた友達なのに、いつどこで差がついてしまったのだろう。

友達はみんな、かわいいワンピースを着て、ブランドものの靴を履《は》き、高そうなバッグを持っている。髪も、美容院でセットしてきたのだと思う。

アパートで鏡を見た時は、お金がなくてもこれだけのことができると満足したのに、友達に囲まれたら自分のみすぼらしさが気になった。セールで買ったワンピースも、会社にも履いていっていた黒いパンプスも、結婚式だけではなくてお葬式にも持っていっている黒いバッグも、悪いというほどではない。しかし、どれも安っぽさや使いこんでいる感じがあり、それが集まると、貧乏臭さに変わる。髪も、自分でセットしたから、崩れてきている。

正社員で働いている友達だって、みんながみんな、いい会社に勤めているわけではない。社会人になってまだ四年目だから、それほど給料が高いわけではないと思う。先輩たちだって、五年目や六年目だから、同じくらいだ。どうやって、あのワンピースやバッグや靴を買ったのだろう。

派遣で働いていた頃だって、わたしは洋服や靴やバッグには、お金をかけないようにしていた。どうしても欲しいものは定価で買ったが、他は我慢してセールを待った。プチプラと言われているファストファッションのブランドの服だって、何日も考えてから買った。できるだけ貯金して、一泊二日で温泉に行くのだけが楽しみだった。それだって、年に一回行ければいい。

披露宴の時に話しているのを聞いていたら、みんなは年に一回は海外に行っているようだ。ＬＣＣではない飛行機で、アメリカやヨーロッパやどこにあるのかわからない島に行っている。海外なんて、卒業旅行でロンドンに行ったことしかない。

みんなは、給料ではないところからお金を得ているのだろうか。

ニュースサイトに、昼は会社に勤めながら夜の仕事もする女の子が増えている、という記事があった。給料だけではやっていけなくて、副業で稼いでいるらしい。マイナンバー制度がはじまり、キャバクラなどのお店で働くと会社にばれる可能性があるので、個人で客をとって身体を売っている女の子も多いという内容だった。エロ小説みたいな話で、嘘だと感じた。しかし、みんな隠しているだけで、そういうことをやっているのかもしれない。

大学生の時に、地味な女の子がいきなり派手になったので、どうしたのかと思ったら、愛人契約したと話していた。街で声をかけてきたおじさんからお金をもらい、洋服を買ってもらったということだった。定期的に会うために、月額で契約したらしい。良く考えれば、映画の『マイ・フェア・レディ』や『プリティ・ウーマン』みたいとも言えるが、彼女はおじさんと肉体関係があった。ただの売春行為だ。自慢するみたいに話していて、みんなで呆れた。彼女がいなくなってから、気持ち悪いよねと言い合った。水商売で働いているような子も他にいなかったし、身体を売るなんてありえないことだ。みんな、そこまでお金に困っているわけじゃないし、売春なんてしているはずがない。

どうにかして、友達より遥《はる》か下にいる自分を肯定《こうてい》したくて、嫌なことを考えてしまった。

大学には、実家から通っている子も多くいた。一人暮らしで貧乏している友達も、本気で貧しかったのは、親から生活費をもらっていなかった数人だけだ。お金ないと言い

ながら、仕送りを使い切って、別にお小遣いをもらい、洋服や化粧品を大量に買ってい
る友達もいた。今もまだ実家に暮らしていたり、親から支援してもらったりしているの
だろう。家賃や光熱費を払わないでよければ、わたしだって、もう少し贅沢な暮らしが
できる。

「水越」ガラス扉を開けて、雨宮が出てくる。

「何？」

「中、入れば」

「まだ遅れてくる人がいるし」

「ここは、オレがやるから。会費もらっておけばいいんだろ」

「いいよ」

「みんなと話さなくていいのかよ」

「うーん、なんか、話しにくくて」

「なんで？」雨宮は、隣に座る。

「失業中だし、彼氏もいないし」

「そんなの、気にしないだろ？」

「女は、気にするんだよ」

「下らねえな」

「役所に勤めていて、まあまあもてる雨宮には、わかんないよ」

「まあまあじゃなくて、すごくもてるけどな」

「すごくは、ない」

「あるって」

「いやいや、高校生の時に女子の全員が、雨宮君はヤバい人って言ってたから」

「マジで？」

「マジ」

雨宮と話していたら、落ちこんだ気持ちが楽になってきた。

お互いにフリーなのだし、このまま雨宮と付き合って結婚できれば、安定した生活が送れる。雨宮は浮気しないいし、仕事を辞めたりもしない。区役所だから、倒産もない。子供が好きなので、いいお父さんになる。結婚相手として、これ以上の人はいない。恋愛として好きだと思ったことはないのに、雨宮と付き合える女の子をうらやましいと感じたことがあった。音信不通になったり手首を切ったりする彼女なんて、かまってほしいだけなのだから放っておけばいいと言っても、雨宮は本気で心配していた。彼は、全力で恋人に優しくする。だから、相手をより駄目にしてしまう。あんな女の子たちより、わたしと付き合えば、雨宮も幸せになれる。

でも、わたしと雨宮が付き合うことはない。

他の男の子だったら、ちょっといいなぐらいの気持ちでも、とりあえず付き合ってみようと思える。けれど、雨宮とは真剣に好きにならなければ、付き合えない。

「ちょっとショックだなあ」雨宮が言う。

「気づいてなかったの？」

「うん」首を縦に振る。

「学校に鶏連れてきたら、ヤバい人って思われるんだよ」

「そうかあ、鶏のせいか」

「それだけじゃないけど」

「他に何かあるのか？」

「あと、なんだろう」

「まあ、それはいいや。とにかく、中に入れよ。愛《あい》ちゃんと話したいっていう男もいるから」

「なんで、下の名前？　セクハラ？」

「なんかそう呼ばれてた」笑いながら、雨宮はわたしを見る。

「それ、酔っ払ってんでしょ」

「愛ちゃんがいつまでもここにいたら、オレが怒られちゃうよ」

「やめて。雨宮に愛ちゃんって呼ばれるの、気持ち悪い」

「失業中でも、彼氏がいなくても、水越はまあまあかわいくて、まあまあもてるんだから、大丈夫だよ」

「知ってる」

向かい側にも、お店がある。今日は休みなのか、電気がついていない。ガラス扉に、わたしと雨宮がうつっている。

美男美女というほどではなくても、まあまあの二人で、いい組み合わせだ。

近寄りがたいほどの美人よりも、まあまあぐらいの方がもてるんじゃないかと思う。高校生の時は、バドミントン部の友達とばかり一緒にいて、恋愛とは縁遠い感じだった。けれど、大学一年生の夏休み前に初めて彼氏ができてからは、それなりにもててきた。就活の面接の時以外にも、バイト先でセクハラされたことがあった。文房具メーカーでも他部署の男性社員からセクハラされた。美人でもブスでもないから、声をかけやすいのだろう。

正社員になれなかったとしても、二十代のうちに結婚して、専業主婦になれると考えていた。結婚すれば安心というわけじゃないけれど、生活費を出してもらえるようになる。あと四年の間に、結婚相手と巡《めぐ》り合えるとは、とても思えない。転職もできそうにないし、これからどうしたらいいのだろう。

†

失業保険の受給期間が終わっても、転職先は見つからなかった。

十月の終わりに、アパートの更新料と十一月分の家賃を払った。住民税の三回目の支払日もあり、貯金を使うしかなくなった。

正社員にこだわっている場合ではない、アルバイトでも派遣でもいいから働かなくてはいけない。そうわかっているのに、面接に行く気力もなかった。部屋の隅で丸くなり、連続して届いた不採用通知のことばかり思い出していた。食費を削るために、一日に一食しか食べていなかったので、体力もない。十一月に入り、風邪を引いた。病院に行けず、薬も買えず、何日も眠りつづけて治した。ＣＤや漫画や本を売り、洋服や家電も売り、売れるものを全て売って、どうにかしてお金を用意して、十二月分の家賃を払った。

年末年始の短期バイトをして、とりあえずお金を稼ごうと思ったが、なぜか面接で落とされた。学生の子が多そうだったから、求人情報には書いていなくても、年齢制限があったのかもしれない。もう二十六歳になってしまったわたしは、どこにも採用してもらえないのだろう。お金は減るばかりで、スーパーで一番安いお米を買うだけでも、手が震えた。お財布の中のお金を一日中数えつづけたところで、増えることはない。

十二月の終わり、残っているのは、一ヵ月分の家賃と同額の六万円だけになった。これで一月分の家賃を払ってしまえば、食費も光熱費も通信費も、払えなくなる。

そして、このままだと、二月分の家賃も三月分の家賃も、その先の家賃も払えない。管理会社の人に事情を話せば、三ヵ月くらいは、待ってもらえるかもしれない。でも、その三ヵ月分は、借金することになる。もしどこかに採用してもらえたとしても、返す額を貯めるまで何ヵ月もかかる。誰かにお金を借りたところで、同じことだ。何万円も借りられる相手もいない。

住む場所や衣服がなくなっても、生きていける。けれど、食べなかったら、死んでしまう。今の日本で、餓死《がし》なんてありえないと思うが、現実として迫ってきている。家賃よりも、食費を選ぶべきだ。

管理会社に電話して、アパートの解約の手続きをした。部屋にあるもので持って出られないものや売れないものは、全て捨てた。粗大ごみや大型家電の回収にお金がかかった。しかし、家賃をもう払えなくなったと話したからか、敷金を全額返してもらえることになった。一月には、家賃二ヵ月分の十二万円が振りこまれる。そのお金があれば、あと一ヵ月はここに住めると思ったけれど、住むならば、もらえないお金だ。払ったばかりの更新料は、返してもらえなかった。

卒業旅行でロンドンに行った時に買った赤いスーツケースに、入れられるだけの洋服や生活用品を詰めこんだ。

何もなくなると、狭いと感じていた部屋は、意外と広かった。

部屋を出ると、年越しの準備をする人たちの声が聞こえた。はしゃぐ人たちから逃げるように、歩きつづけた。

大晦日《おおみそか》、わたしはホームレスになった。

百円のコッペパン

テレビで「工場潜入《せんにゅう》！」みたいな番組をやっていると、よく見ていた。

配送用の箱を折りつづけたり、ベルトコンベアーで流れてくるコッペパンに生クリームを絞りつづけたり、できたお菓子をケースに詰めつづけたりしているのを見て、楽しそうと感じていた。文房具メーカーで派遣社員として働いていた時は、庶務の仕事も担当していたため、出勤してから退勤するまで細かいことをいくつも頼まれた。自分の席でお弁当を食べている時でも、ボールペンちょうだいと言われる。お昼休みだから待ってくださいと断ることはできない。何も考えず、ひとつのことだけやっていればいい単純作業がうらやましかった。一日中同じことをつづけたら、ランナーズ・ハイみたいになるんじゃないかと思っていた。

しかし、そんなことはない。

大晦日にホームレスになり、もうすぐ一ヵ月が経つ。

今もまだ、ホームレスのままで、漫画喫茶で寝泊りしている。

お金が必要なので、正月三が日《さんにち》が終わってすぐに、日雇いのアルバイトを始めた。

働ける日を派遣会社のサイトに登録しておくと、前日のお昼すぎに仕事の集合場所や拘束時間や時給が書かれた案内がメールで送られてくる。余程の理由がないかぎり、断ることはできない。断った場合、仕事を紹介してもらえなくなる。都内かその周辺の工場や宅配便の倉庫に派遣されることが多い。派遣会社での登録会に持っていった履歴書《りれきしょ》には、前に住んでいたアパートの住所を書いた。個人の面接はなくて、注意事項や給与の支払いについて説明を受けただけだ。文房具メーカーに派遣される前は、派遣会社で面接を受け、働き方の希望やどんな仕事がいいのか担当者と相談した。日雇いバイトでは、何も聞かれなかった。

今日は、どこにあるのかよくわからない宅配便の倉庫に派遣された。

集合場所は、都内のオフィスビルが建ち並ぶ駅の近くだったのだが、そこからバスに乗せられて、ここまで来た。都心を離れ、マンションやコンビニが減っていき、倉庫や工場しかなくなったところで、バスから降ろされた。三十分もかかっていないので、東京から遠いところまで来たわけではないけれど、都内ではないと思う。

そこで、段ボール箱いっぱいに入った子供服の在庫数を調べるのが今日の仕事だ。

箱をひっくり返してテーブルの上に全部出し、洋服につけられているバーコードを読み取っていく。夏物のTシャツやスカートやズボンばかりだ。保管しておいて、セールの時に出すのだろう。たたみ直して箱に戻しながら、枚数をかぞえる。全部を戻したら、読み取ったバーコードの数と自分でかぞえた数があっているのか、確認する。だが、この数が不思議なほど合わない。ちゃんとバーコードを読み取れていないのかもしれないし、わたしがかぞえ間違えたのかもしれない。どちらかわからないので、もう一度箱から出して数え直す。

「これって、コツとかあるんですか？」隣に座る女の人の作業が一段落するのを待って、聞く。

しかし、答えてもらえない。

わたしの声なんか聞こえていないような顔で次の箱を開け、テーブルの上に子供服を出す。

卓球台くらいの大きさのテーブルを囲み、六人で作業している。わたし以外の五人は、何度かここに派遣されてきているみたいで、作業を始める前にお喋りしていた。五人とも女性で、年齢はわたしより十歳くらい上の三十代半ばだと思う。優しそうに見えたし、お喋りしながら楽しく作業ができるんじゃないかと考えていたら、始業ベルが鳴る少し前にリーダーみたいな男の人が来て、全員が黙った。

彼は、子供服会社の社員ではない。ここの倉庫を任されているが、わたしと同じ派遣のアルバイトだ。日雇いではなくて、三ヵ月とか半年とか長期で契約している。立場は変わらないはずなのに、見下している目でわたしたちを見た。小さな声で、バーコードの読み取り機の使い方と表の記入方法を説明して、どこかへ行ってしまった。広い敷地内にはいくつもの倉庫が並んでいるから、別のところで作業しているのだろう。わからないことを聞きたくても、業務中はトイレに行くのも禁止されていて、担当する倉庫から出られない。

リーダーがいなくなった後も、お喋りせず、全員が黙って作業を進めている。かぞえ間違いなんかしないみたいで、次々と箱を開けていく。わたしはまだ二箱しか終えていないのに、他の人たちは四箱か五箱目だ。

昨日は、今日と同じ場所に集合して、違うバスに乗って海の方まで行き、橋を渡った先の埋立地にある工場へ行った。工場の奥の作業スペースで、スマートフォンを入れる箱を折りつづけた。細かい作業なので、肩が凝《こ》った。指先の水分は紙に奪《うば》われていくし、目も痛くなってくる。速く折るためのコツを摑むまでは工作みたいで楽しかったが、その後は単純作業だ。自分はロボットになったのだろうかと感じるほど、同じ動作をつづける。全然楽しくないし、ランナーズ・ハイみたいにもならない。それに比べたら、今日は作業に変化があるからいいと思ったのに、辛い。

日雇いバイトは、とにかく数をこなすことが求められる。ノルマがあるわけではないけれど、作業が速ければ、リーダーのように長期契約してもらえることもある。始業前にお喋りしていても、友達ではないし、仕事仲間でもない。他の人より仕事が速いことをアピールして、長期契約したいのだろう。そのためには、仕事が遅い人の相手をしている暇《ひま》なんてない。

倉庫や工場はどこも、寒い。暖房は入っているみたいだが、全然効いていない。作業中は座ったままで動けないので、足が冷えていく。カビ臭くて薄暗いし、働きたいと思える環境ではない。

「進んでますか？」リーダーが戻ってくる。

「はい」わたし以外の五人が声を揃えて、返事をする。

「進んでないんですか？」わたしを見て、リーダーが言う。

「すいません。なんか、数が合わなくて」

「ただかぞえるだけでいいのに、そんなこともできないんですか？」

「いや、なんか、かぞえ間違えちゃったんだと思います」

「社会科見学気分で来てるんですよね？」

「えっ？」

「君さ、大学出てるでしょ？」

「……はい」

「卒業後は、何してたの？」

なぜ、この人にそんなことを聞かれなくてはいけないのだろう。彼は、ここのリーダーだけれど、わたしが経歴を話さなくてはいけない相手ではない。わたしは、ここで長期契約してほしいなんて思わないし、できれば二度と来たくない。今日の仕事に関しては、彼の指示に従うが、今日だけのことだ。

「何してたの？」もう一度聞いてくる。「これくらいのことも、まともに答えられないの？　オレのこと舐《な》めてんの？　それとも、大学出てるのに、バカなの？」

「文房具メーカーで働いていました」派遣社員だったことは、言わないでおく。

「そこを辞めて、次の仕事先が決まるまでの繋《つな》ぎって感じなんだろ？　それか、あれか、寿退社して、お小遣い稼ぎみたいなことか？」

「違います」

「じゃあ、何？」

「……作業進めます。間違えないように気をつけます」

「気をつけなくても、間違えねえんだよ。普通は」そう言って、リーダーは倉庫から出ていく。

箱に戻した分も改めてテーブルに出して、かぞえ直す。

彼のようにはっきり言ってくる人は珍しいが、どこの現場へ行っても、差別されていると感じる。

日雇いバイトの派遣会社の登録会には、わたし以外にも十人くらいが参加していた。登録会の間中、履歴書を机の上に出していたので、見るつもりはなくても見えてしまった。お小遣い稼ぎの大学生や主婦もいたが、他では職に就けそうにない感じの人もいた。彼らや彼女たちは、ずっと下を向いていたり、登録会の担当者に的外れなことをしつこく聞いたりした。学歴を見ると、中卒や高卒だった。いくらでもアルバイトを選べるような大学生や主婦は、二回か三回働いて目標額が貯まったらやめるのだろう。どこの現場に行っても、そういう人は少ない。他では職に就けそうにない感じの人ばかりの中に入ると、わたしは異物として扱われる。

業務中にお喋りはしないから、わたしの経歴なんて彼らや彼女たちにわかるはずがないのに、雰囲気から伝わるようだ。逆にわたしも、彼らや彼女たちが中卒や高卒であり、それをコンプレックスに感じていることは、なんとなくわかる。

今日ここにいる人たちも、わたしが中卒や高卒だったら、親切にしてくれるんじゃないかと思う。

彼女たちには学歴がないとしても、住む家はあるだろう。

わたしは学歴はあるのに、仕事はないし、住む家もない。大学を出ても、正社員になったこともないんだ。自分たちだけが辛いなんて思わない方がいい、と言いたくなっても、言わない。

差別意識は、わたしの中にもある。

自分の状況を話して、彼女たちに同情されたくない。

バスに乗って駅まで戻ったら、電車で二十分ほどのところにある派遣会社の事務所へ行く。リーダーのはんこが押してある勤務表を提出して、給料をもらう。時給千円、八時間拘束《こうそく》で、八千円。そこから源泉徴収《げんせんちょうしゅう》される。なので、実際にもらえる額は、七千円と少しぐらいだ。一日中、寒い思いをして、嫌な気分になって、七千円と少し。これは、安いのだろうか、高いのだろうか。

「水越さん、うちで働けば？」事務員の男性が言う。

「えっ？　嫌ですよ」

「正社員になれるよ」

「それでも、嫌です」

仕事を選んでいる場合ではないし、正社員になれるならばなんでもいいと思うが、ここでは働きたくない。

ここは、とにかく雰囲気が悪い。

高いビルと高いビルの間に取り残されたような、小さな雑居ビルの三階にあり、全く陽が当たらない。しかし、それだけが原因とは思えない暗さが事務所全体を覆《おお》っている。ここにお金をもらいにくる人たちの疲労感や社員のやる気のなさが雰囲気を暗くしているのだと思う。社員は男性ばかりだ。全員がここでの仕事にやりがいを感じていないように見える。ここで働くことになったら、絶対にセクハラされるし、パワハラやモラハラも受ける。

「もう若くないんだから、正社員になれるうちになった方がいいんじゃないの？」

「わかってますけど、嫌なものは嫌なので。失礼します」

もらったお金をお財布に入れて、事務所を出る。

嫌われてもいいという関係は、楽だ。

今後何があっても、ここの事務所で働きたくなるとは思えないから、言いたいことをなんでも言える。


街を歩きまわったり、デパートや本屋さんにある無料の休憩《きゅうけい》スペースでぼうっとしたり、家電量販店でテレビを見たりして、二十一時になる十分くらい前に駅へ行き、コインロッカーに預けてあるスーツケースを出す。スーツケースは大きめのロッカーじゃないと入らないから、五百円かかる。無駄な出費だと思うが、荷物を置いておける場所は他にないし、アルバイト先には持っていけない。

スーツケースを押して、会社帰りの人たちに逆らうように、駅から離れる。

世界中の高級ブランドが入っているデパートや大型書店や家電量販店の裏側へ行き、広い通りを渡る。

街の名前が書かれた看板をくぐると、光と音が一気に襲ってくる。

ここは、東洋一と言われる歓楽街《かんらくがい》だ。

ピンクや黄色や紫、何色もの看板が輝いている。

どこの国から来たのかわからない人たちがたくさんいて、いきなり外国みたいになる。英語や中国語や韓国語が飛び交っている。

日本人でも、わたしがこれまでの人生で見たことのないような人たちがいる。キャバクラ嬢やホストと思われる派手な女性や男性以外に、ヤクザにしか見えない強面《こわもて》の人た

ち も歩いている。彼女たちや彼らの笑い声とスピーカーからエンドレスで流れつづける警察署からのお知らせが混ざり合う。警察署から、客引きは禁止されているとか、ぼったくりには気をつけろとか言われて、聞いている人はどれだけいるのだろう。ちゃんと聞いて、注意できるような人は、ここに来ない。

わたしは、肩より少し長い黒髪をひとつに結び、キャメルのコートにジーンズにボア付きのブーツという格好をしていて、完全に浮いている。街の中心にはシネコンがあるが、そこに行くようにも見えないだろう。

しかし、隅《すみ》の方までよく見てみると、わたしと似たような女の子が何人かいる。

コンビニの前に、わたしが持っているよりも二回りくらい小さなスーツケースや荷物が詰まったリュックを置き、座りこんでいる。

彼女たちは、わたしよりずっと年下で、十代じゃないかと思う。短いスカートから白くて細い足を出していた。コートを着ているから上半身はわからないけれど、細そうだ。中学生にしか見えない女の子もいる。ぼんやりとした目つきでスマホを見ながら彼女たちは、売春する相手をさがしている。ここに来たばかりの頃は、彼女たちが何をしているのかわからなかった。日が経つうちに、そういうことだと理解した。ＳＮＳや出会い系サイトで連絡を取り合った男性と会う場合もあれば、声をかけてきた男性と交渉する場合もあるのだろう。

シネコンの入口の斜め前辺りに立っている女の子は、よく見る。

色が白くて、顔が小さくて、二重の大きな目で、腰まである髪は黒くてまっすぐだ。膝まで隠れるようなグレーのコートを着ていても、手足の長さがわかり、誰よりも目立っている。アイドルや女優にでもなれそうなくらいかわいい。お金を稼ぐ方法は、もっと他にあるんじゃないかと思う。

でも、十代の女の子がどうしてそんなにお金がいるのだろう。最新のスマホが欲しいとか、洋服が欲しいとか、遊ぶお金が欲しいとか理由があるのはわかるが、月に何十万円も必要ない。こんなところにいるよりも、家に帰って、コンビニやファストフードでバイトでもした方がいい。

シネコンの横の道を入り、居酒屋がいくつも入った雑居ビルの地下にある漫画喫茶に行く。

十九時から翌朝五時まで、漫画喫茶ではナイトパックが使える。八時間で千五百円なので、二十一時から五時まではここで過ごす。

受付で、会員証を出す。

「個室のナイトパックでよろしいですか？」店員の男の子が言う。

「はい」

最初にここに来た時は、「通常料金とパック料金がございますが、どうなさいますか？」とか「個室とオープン席、どちらになさいますか？」とか聞かれたのに、今はもう「よろしいですか？」と、決めつけられる。毎日同じ人が受付にいるのではなくて、大学生くらいのアルバイトが交替で入っている。深夜番は、男の子ばかりだ。彼らはきっと、わたしのことを「あの女、ホームレスだろ」と、噂《うわさ》している。

「千五百円になります」

お財布を開き、さっきもらったお金から千五百円を出す。残りは、六千円弱だ。ここから明日のコインロッカー代五百円を出し、食費を出す。日雇いバイトは交通費が出ないから、集合場所まで行く電車賃も出さなくてはいけない。残る額は三千円から四千円くらいだ。バイトの連絡のためにスマホは解約できないので、そこから通信費を払う。他にも、コインランドリー代や最低限の生活用品を買うのに、お金を使う。一ヵ月間毎日バイトに行ったとしても、十万円も貯まらない。

前のアパートの敷金が返ってきたので、合わせれば、家賃の安いアパートを借りられる。しかし、その先ずっと家賃を払いつづけられる自信を持てなかった。

永遠に日雇いバイトに行くのかと思うと、それだけで吐きそうになる。

まずは、長期でできる仕事を見つけなくてはいけない。

「お席、こちらになります」番号の書かれたレシートを出し、店員の男の子が言う。

「ありがとうございます」レシートをもらう。

漫画が並ぶ棚の間を歩き、オープン席の間を抜けて、個室の中から番号を探す。

オープン席の方が料金は安いのだけれど、椅子とテーブルがあるだけだから、眠れない。スーツケースを置く場所もないし、安全性が低い感じもする。

個室といっても、一畳くらいしかない。仕切りの高さは二メートルもないだろう。だが、内側から鍵はかけられるし、フルフラットになるソファーと足置きがあるし、パソコンもある。安心して眠れる上に、動画を見たり、仕事を探したりもできる。

貴重品の入ったショルダーバッグを肩からかけたまま個室を出て、ドリンクコーナーへ行く。

千五百円には、飲み放題のドリンク代が含まれている。

紙コップタイプの自動販売機が並んでいるのだけれど、お金を入れなくても、ボタンを押すだけでドリンクが出る。冷たいお茶をまず入れてから、別にコーンスープを入れる。

両手に紙コップを持ち、個室に戻り、鍵をかける。

パソコンの前に紙コップを並べて、ショルダーバッグをコートの上にかける。

街を歩き回っている間にコンビニで買ったパンをバッグから出して、座る。

大きなコッペパンに、あずきとマーガリンが挟んである。百円ちょっとで買えて、一個食べればお腹いっぱいになる。足りないと感じる場合は、コーンスープやジュースを飲みつづけて、お腹を満たす。

パンを食べながら、インターネットを見て、求人情報を検索する。

どこで働くとしても、履歴書の他に身分証明書が必要になる。日雇いバイトにだって身分証明書は必要で、登録会の時には健康保険証を出した。履歴書同様に、前のアパートの住所が書いてある。住民票を移す先もないから、住所を変えようがない。わたしの身分は、嘘《うそ》で証明されている。コピーをとっただけで何も聞かれなかったけれど、正社員で働く場合は、そんなにうまくいかないんじゃないかと思う。家を調べられることなんてないとしても、面接や仕事中に話すうちにばれそうだ。

寮《りょう》があるところも探しているが、工場がほとんどだ。そういう会社についてネットで検索すると、だいたいがロクでもない噂《うわさ》をされている。寮も仕事場も環境が悪いとか、不法滞在の外国人労働者がいるとか、窃盗が日常的にあるとか、そんなことばかりだ。跡継ぎのいない農家とか人口の減っている村とか、移住者を募集しているところもある。家だけではなくて畑もついてくると言われても、そこで自分に何かができるとは思えなかった。介護関係の求人はたくさんあるけれど、資格も持っていないし、お年寄りの世話をできるという自信がない。

考えごとをしながらネットを見ているうちに、パンを食べ終えてしまう。

高校生の頃、昼休みやバドミントン部の練習後に、このパンをよく食べていた。好きで食べていたはずなのに、今はただお腹を満たすものでしかなくて、味は感じない。

文房具メーカーで働いているうちに、もう一度だけでも鯵フライ定食が食べたかったけれど、行けなかった。会社の周りには、安くランチを食べられるお店が他にもたくさんあった。正社員の人たちが飲みに連れていってくれることもたまにあった。パスタやピザの種類が豊富なイタリアン、新鮮な魚を揃えた居酒屋、なぜかカレーを名物としている中華料理屋、どれもおいしかった。

友達の結婚式で食べたフレンチのコースは、夢で見た幻の料理のように思えてくる。何度も式に出るうちに当たり前になり、味をあまり憶えていない。ご祝儀分に対してこれだけとか、文句を言いながら食べていたこともあった。

アパートを出たことは、誰にも言っていない。

年賀状や結婚式の招待状が送られてきたとしても、前のアパートの郵便受けはガムテープでふさがれてあり、返送されるだろう。

それを見たと思われる友達からメッセージが何通か届いたが、返信していない。

大晦日にアパートを出た時には、友達の部屋に行くつもりだった。けれど、どうしてこうなったのか話せて、頼れるほど親しい友達は東京にいない。友達は多い方だと思っていたが、付き合いが薄っぺらい。静岡に帰れば、なんでも話せる幼なじみがいる。しかし、彼女たちに話したら、その親にも伝わり、父に連絡される。それだけは、どうしても避けたい。

誰にも頼れず、アパートの二駅先にある漫画喫茶に入り、そこで年を越した。

日雇いバイトに行くようになってからも一週間くらいはそこで寝泊りしていたのだけれど、住宅街の中にある漫画喫茶なので、深夜はほとんどお客さんがいない。その中に、わたしと同じように毎日来ている男性がいた。目が合い、話しかけられたので、適当に笑顔で答えた。夜中、眠っていたら、彼が個室のドアをノックして声をかけてきた。気づかなかったフリをして、応じないようにした。個室は、レジカウンターから遠いところにあった。もしも何かされたところで、わたしの声は届かないかもしれない。そして、レジカウンターには、眠そうな顔をした男の子が一人いるだけだ。声が届いたところで、助けてくれそうにない。注意されないからと言って、個室をラブホ代わりに使っている大学生くらいの子たちもいた。危険だと思い、そこを出て、日雇いバイトの事務所の近くで、深夜でもお客さんの多い漫画喫茶を探し、ここに辿りついた。

ここには、わたし以外にも、毎晩のように来ているお客さんが何人かいる。お互いに顔を憶えても、話しかけないのがルールみたいになっている。わたしと同世代くらいの女の子も多い。レジカウンターには、店員の男の子が何人かいるから、安心していられる。外は東洋一の歓楽街で危険がいっぱいという感じだけれど、ここは居心地がいい。

友達の部屋に行って、あれこれ聞かれるよりも、ここにいた方がずっと楽だ。

カバンの中に入れたままのスマホが鳴っているので、出して確認する。

雨宮からのメッセージだ。

〈何してんの？　なんかあった？〉と、書いてある。

他の友達は、一度か二度返信しなかったら、連絡してこなくなった。雨宮だけは、毎日のように連絡してくる。文面は、毎日少しずつ違う。

たとえば、何かの偶然が重なり、今の生活が友達にばれたら、しょうがないと思って全てを話す。街を歩き回っている時に友達と会うかもしれないし、日雇いバイトの派遣先で一緒になることが絶対にないとは言い切れない。その時には、覚悟するしかないと思っている。

でも、どうしても、雨宮だけにはばれたくない。

絶対に怒られるし、今度こそ本気で軽蔑《けいべつ》される。

†

今日のアルバイトは、工場や倉庫での作業ではなくて、オフィスでの事務作業だ。ちゃんとした服装で行くようにという指示だったので、スーツケースから面接用のスーツを出した。

ベンチャー企業らしくて、ちょっと変わったオフィスだ。大きなテーブルや小さな机やソファーセットが不規則に並んで、カフェみたいになっている。どこが誰の席と決まっていないから、好きな場所で働いていいようだ。壁には、なんなのかよくわからないカラフルな絵がかかっている。モダンアートというやつだろう。カジュアルな服装の人が多くて、スーツ姿のわたしは浮いている。

こういう会社はフレックスタイム制なんじゃないかと思う。でも、まだ十時前なのに、出勤している人が多くいた。それぞれ好きな仕事をできているという感じで、活気がある。

「おはようございます。水越さんですよね？」

受付の横のソファーに座って待っていたら、担当の女性が来た。

背が高くて、キレイな人だ。髪形も服装もラフなのに、手を抜いている感じはしなくて、お洒落に見える。年齢は、わたしと同じくらいだと思うけれど、大人っぽい。

「水越です。今日は、よろしくお願いします」立って、あいさつをする。

「そんなに固くならなくていいですよ」

「なんか、素敵なオフィスだから、緊張してしまって」

「CEOの趣味なんですよ」

「シーイーオー？」

「最高経営責任者、社長のことです」窓際の机でパソコンに向かって仕事をしている男性を指さす。

その男性が社長ということなのだろう。

若い。

グレーのトレーナーにジーンズという格好で、大学生くらいにしか見えない。それはないとしても、わたしと同世代だと思う。彼を見て、社長だと言い当てられる人はいないだろう。他の社員の中に馴染《なじ》んでいて、偉そうなオーラを少しも出していない。

「向こうのテーブルを使いましょう」

担当の女性についていき、奥のテーブルへ行く。

六人掛けのテーブルで、木の椅子が並んでいる。

「ちょっと待っててくださいね」

「はい」一番端の席に、カバンを置く。

「これをお願いします」担当の女性が封筒や切手を持ってくる。「封筒に切手と宛名ラベルを貼って、宛先と書類の宛名を確認しながら書類を入れて、のりで封をしてください。順番は、やりやすいようにやってもらっていいです。結構多いから、休みながらやっていいからね」

「はい」

「そこのコーヒーやドリンクは、好きに飲んでいいです」

「えっ？」

隅のカウンターにコーヒーメーカーとエスプレッソマシンが並んでいて、電気ケトルも置いてある。カゴの中には、紅茶やハーブティーのティーバッグが揃っている。

「冷蔵庫の中には、ペットボトルもあるから」

「言うだけじゃなくて、何か出してやれよ」近くの机でパソコンを見ている男性が言う。

「ああ、そうだね。何がいいですか？」

「えっと、どうしよう」

「とりあえず、お茶かお水出しましょうか？」

「じゃあ、お茶をください」

「はい」担当の女性は、冷蔵庫からペットボトルのお茶を持ってきてくれる。

「ありがとうございます」ペットボトルを受け取る。

「お手洗いは向こうにありますか？」出入口の先を手でさし示す。

「業務中にお手洗いに行っていいんですか？」

「んっ？」驚いたような顔で、わたしを見る。

「あっ、すいません。なんでもないです」

工場や倉庫でのルールが普通になってしまっていた。しかし、業務中にトイレに行けないなんて、普通ではない。言われた通りトイレに行かないようにしていたけれど、どうしてそんなルールになったのだろう。敷地が広くてトイレに行った後に迷うから、と言われたことがあるが、子供じゃないんだから戻れなくなることなんてない。

「私は会議があるんですけど、そこのソファー席にいるから、何かあれば、気にせず声をかけてください」

「わかりました」

「では、よろしくお願いしますね」

優しそうな笑顔で手を振りながら、担当の女性は、フロアの真ん中にあるソファー席へ行く。

今日、ここに派遣されたのは、わたしだけだ。

つまり、与えられた仕事を時間内に一人で、全て終わらせなくてはいけない。工場や倉庫ならば、できるかどうか不安になるところだけれど、今日の仕事は余裕でできる。

まずは、封筒を積んで、宛名ラベルを貼る。五百通くらいあるけれど、ただ黙々と進める。集中力を切らさず、封筒の真ん中よりやや上に貼っていく。次に、貼った宛名と書類の宛先を確認しながら、書類を封筒に入れる。この作業は間違えると大変なので、慎重に進める。それが終わったら、封筒を裏返し、のりで一気に封をしていく。

三年間、派遣社員をやって手にした技術は、これかもしれない。庶務の仕事の一つで、郵便の手配も任されていた。まとめて大量に出す時には、宛名ラベルを作るところから頼まれた。少ない時には十通から、多い時には五百通や千通まで、毎日のようにあったので、どうしたら速くできるか考え、工夫していった。なんの役にも立たないと思っていたが、役に立つ日が来た。

ここの会社は、こうして大量に郵便を出す時だけ、日雇いバイトを頼むようにしているのだろう。ネット上でのやりとりが基本という感じだから、双方が紙で残しておくべきものだけ、郵便で送っているのだと思う。今日の書類は、お金に関するもので、月末だから送っていると考えられる。きっと、毎月一回は、ここでの仕事がある。仕事が速いことを認められて、来月も再来月もここに来たい。一日でもここに来られたら、倉庫や工場の仕事も頑張れる。郵便を出すならば、速いだけではなくて、間違わず丁寧にできるという自信もある。日雇いバイトで成果を出すと、指名してもらえたりもするらしい。次回以降、わたしを指名してほしい。そうして、何度か派遣されてくるうちに、正式にここで働けるようにならないだろうか。

「どう？」担当の女性が様子を見にくる。

「あとは、封をして、切手を貼るだけです」

「ええっ！　速いね」

「前の仕事でもやっていたので、得意なんです」

「前に来た子は、一日がかりでも終わらなかったのに」

「これって、毎月あるんですか？」

「毎月末」

「そうなんですね」

「どうしよう。お昼すぎには終わって、仕事なくなっちゃいますね」

「ああ、そうですね」

時間より早く仕事が終わった場合も、予定通りの給料が支払われる約束になっている。わたしとしては困らないが、働いていない時間の分もお金をもらうようで、申し訳なく感じる。

「宛名の打ちこみって、頼めますか？」

「それは、パソコン作業ですよね？」

宛名の打ちこみぐらい、鼻歌を歌いながらだってできる。受けてもいいのだけれど、パソコン作業と事務作業では、時給が違う。時給は、工場や倉庫での作業が千円、事務作業が千二百円、パソコン作業は千四百円と基本が決まっている。事務作業とパソコン作業は月に数件しかなくて、なかなか回ってこない。

「パソコン、使えない？」

「使えます。えっとですね、でも……」

黙って受けてしまえばいいのだろう。

ここで気に入られて、来月も呼んでもらった方がいい。

「ああ、そっか。ごめんなさい。パソコン作業だと、時給が変わるんですよね」

「……そうなんです」

「派遣会社には私から連絡するので、大丈夫だったら、お願いしてもいい？」

「もちろん」

「ちょっと待ってね」パンツのポケットからスマホを出して、すぐに電話をかける。電話の相手に表情なんか見えないのに、笑顔で話している。派遣会社の社員が笑顔で対応しているとは思えない。イラついた表情と声をしているのが見えるようだ。

こういうベンチャー企業では、学歴の高い人ばかりが働いているわけではないだろう。中卒や高卒問わず、技術があって仕事のできる人が集められている感じがする。工場や倉庫に行くと、学歴で差別する目でお互いを見てしまうが、そういうことではないんだ。

それ以上に大事なのは、人柄や仕事に対する姿勢だ。封筒に宛名ラベルを貼って書類を入れ、封をして切手を貼るだけの作業に八時間もかかるなんてありえない。前にここへ派遣されてきた人は、サボりながら適当にやったのだろう。

どこの工場や倉庫に行っても、そういう人はいる。

昨日の倉庫だって、子供服の在庫数を適当に書いたところで、ばれることはないと思う。もしばれたとしても、何月何日に来た誰が適当な数を書いた、とわざわざ電話してくるような人はいない。わたし以外の人たちは、作業が速かったが、いい加減に数えていたのかもしれない。

「大丈夫だって」担当の女性は電話を切り、笑顔でわたしを見る。

「良かったです。ありがとうございます」

「この作業が終わったら、声かけてください。お昼は、好きな時に一時間とってもらって、大丈夫です」

「はい、わかりました」作業のつづきに戻る。

事務所でお金をもらう時に、事務作業やパソコン作業がもっとないか、社員に相談してみよう。日雇いバイトに登録している人のほとんどがワードやエクセルは使えなくて、タッチタイピングもできないらしい。登録会の時に、パソコンがどれだけ使えるのか、挙手でのアンケートがあったのだが、手を挙げたのはわたしと大学生くらいの男の子だけだった。事務仕事やパソコン作業があれば、わたしは優先的に派遣してもらえるだろう。

漫画喫茶にはシャワー室があり、わたしが寝泊りしているところでは、ナイトパックの利用者は無料で使える。

これは、本当に助かる。

銭湯は五百円近くするし、コインシャワーは三分で百円かかる。三分で髪と全身を洗うなんて無理だから、三百円か四百円は使うことになる。その額を毎日出したり、昨日銭湯に行ったから我慢しようと考えたりしなくていい。湯船に浸《つ》かりたいと思う日もあるけれど、温かいシャワーを浴びられるだけでも充分だ。

しかも、ここは女性専用で、いつもキレイに掃除されている。シャワーブースの手前には洗面所があり、ドライヤーも使える。

洗ったばかりの髪を乾かしながら、鏡にうつる自分を見る。

アパートを出てから体重をはかっていないが、太った。

体重はそんなに増えていないかもしれないけれど、身体つきがだらしなくなった。肌は、荒れている。前は、吹き出ものなんてほとんどできなかったのに、おでこや頬《ほお》にいくつかできている。カロリーの高い菓子パンとコーンスープぐらいしか、食べていないからだ。栄養バランスの悪さは、考えるまでもなかった。野菜を食べたいと思ったところで、コンビニで売っているサラダは、買える値段ではない。肉は、ファストフードで一番安いハンバーガーを食べたぐらいだ。

文房具メーカーで派遣社員をやっていた頃は、食べるものを意識していたわけではないが、できるだけ自炊して、週に何日かは会社にお弁当を持っていっていた。彩《いろど》りを美しくしようと考えていたので、自然とバランスのいいメニューになった。

乾燥する季節なのに、化粧水や乳液をほんの少ししか使えないのも肌荒れの原因だ。洗顔後に何もつけないという美容法もあるらしいけれど、わたしには合わない。何もつけなかったら、肌が赤く腫《は》れてしまい痛みがあったので、ドラッグストアで安売りしていた化粧水と乳液を買った。

せめて運動をすればいい。バイト中は椅子に座りっぱなしだし、漫画喫茶では個室でずっと寝ている。事務所で給料をもらってから漫画喫茶に来るまでは歩き回っているけれど、周りから目を逸らして下を向いているせいか、姿勢が悪くなった。

髪が乾いたので、洗面所の周りを軽く掃除して、シャワー室から出る。

ドリンクコーナーに行き、オレンジジュースを入れる。

今日の仕事は楽しかったし、いつもより多めに給料をもらえた。派遣会社で、事務仕事やパソコン作業のことも相談できたし、充実しているように感じる。

お酒でも飲みたい気分だけれど、ここにはジュースやお茶しかない。

アルコールも、アパートを出てから口にしていない。

「すいません」ジュースが入るのを待っていたら、女の人に声をかけられた。

ここでよく見かける人だが、話したことは一度もない。

わたしと同世代で、二十五歳前後に見える。雰囲気も、わたしと似ている。身長は彼女の方が少しだけ高いけれど、ジーンズにブーツという同じような格好をしている。境《きょ》遇《うぐう》が近いのかもしれないと思い、気になっていた。

「あの、よくここにいますよね？」彼女が言う。

「毎日います」

「ああ、そうなんですね。どういう事情でここにいるのか、話してみたいなと思って。あっ、別に、怪しい勧誘とかではないです」

「大丈夫です。そんな風には見えませんから」

「年齢とか近そうだからと思って」

「わたしも、同じことと思ってました」

「あっ、本当ですか！」嬉しそうな笑顔になる。

「はい」

「わたし、マユです」

向こうが苗字ではなくて名前を言ったのだから、わたしも同じようにした方がいいだろう。

「愛です」

「とし は？」

「二十六歳」

「同い年だ！　じゃあ、タメ口でいいよね」

「うん」

「もうちょっと話したいんだけど、外に出ない？」

遠慮がちに話していたのに、タメ口になったのと同時に、口調も砕けた感じになる。

「でも、わたし、ナイトパックで先にお金払ってるから」

「受付で言えば、大丈夫だよ。ここだと、喋れないし」

「そうだよね」

漫画喫茶なので、静かに漫画を読んでいる人もいるし、寝ている人も多い。

「用意してくるから、受付で待ち合わせしよう」そう言って、個室の方に行ってしまう。

マユは、漫画喫茶の受付の男の子たちと親しくしているみたいで、個室に荷物を置いたままだから見ておいて、と頼んでいた。わたしの荷物のことも、頼んでくれた。

階段を上がり、外に出る。

終電の出る時間が近づいているのに、まだたくさん人がいて、街は明るい。

ビルとビルの間から、強い風が吹く。

「どうしようか？」マユが言う。

「わたし、お金ないよ」

「それは、わたしも一緒」わたしの顔を見て、笑う。「ファミレス行こう。ドリンクバーぐらい、出せるでしょ」

「うん」

ジュースやお茶なんて、漫画喫茶でいくらでも飲めるからもったいないとは、言わない方がいい。せっかく誘ってもらえたのだから、ドリンクバーぐらいは出そう。

誰かとこうしてお喋りするのも、久しぶりだ。

「じゃあ、行こう」

「ファミレス、どこにあるかわかる?」

「大丈夫。わたし、もう半年以上ここにいるから」

「そうなんだ」

「他も行ったけど、貧困女子が暮らすには、ここが一番安全で便利かな」

「安全?」

「怖そうな感じの人はいっぱいいても、そういう人たちは、素人に手を出してこないから。人が少ないところの方が怖い感じがした」

「ああ、それは、わたしもそう思った」

話しながら、街の名前が書かれた看板をくぐる。

角を曲がっただけなのに、いきなり暗くなり、歩いている人も少なくなった。

「愛は、いつから今みたいな暮らしをしてるの?」

「一ヵ月くらい前から」

「そうなんだ」

「どうにか慣れてきたけど、どうしたらいいんだろうって悩むことも多いから、話しかけてくれてすごく嬉しい」

「一ヵ月前、何があったの？」

「えっと」

「待って。入ってから話そう」ビルの二階にあるファミレスを指さし、階段を上がっていく。

ファミレスの中でも、特に安い店だ。

二十四時間営業みたいだが、お客さんはあまりいない。

四人掛けの広い席に案内されて、向かい合わせで座る。

「食べたくなっちゃうよね」頼めないと思いながらも、わたしはメニューを見る。

「時間も遅いし、我慢しよう」

「そうだね。時間も遅いし」

お金がないから我慢するのではなくて、時間が遅いからだ。

店員さんに、ドリンクバーを二人分注文して、ドリンクカウンターに飲み物を取りにいく。

外を歩いてきて身体が冷えたので、温かいハーブティーにする。茶葉が何種類かある中から、カモミールティーを選ぶ。マユは、玄米ほうじ茶を選んだ。

席に戻ってから改めて、わたしのことを話す。

玄米ほうじ茶を飲みながら、マユは口を挟まずに聞いてくれた。

「そうなんだ」わたしが話し終えるのを待ち、マユが言う。

「今の状況だと、次の仕事も決められないし、とにかくお金を貯めようと思って」

「親は？」

「うーん」

「仲良くないの？」

「それ以前の問題って感じ」

「いないの？」

「ううん。父親は、いる」

「そっか」

マユは窓の外を見て、何も言わなくなる。

「マユは？　どうして、こういう生活してるの？」わたしから聞く。

「奨学金《しょうがくきん》」

「どういうこと？」

「うちもちょっと家庭の事情が複雑で、奨学金で大学に通ってたの」

「うん」

わたしは、大学の学費は、父に全額出してもらった。

「特待生とかじゃないから、返済義務のある奨学金で、つまりは借金なんだよね。卒業してから返せばいいんだけど、愛と同じで、就職できなかった。それで、わたしも派遣で働いてた。でも、派遣社員の給料から生活費出して、奨学金を返すって、無理だよね」

「無理。だって、一ヵ月暮らすにも、大変な額だもん」

「そう！　わかってくれる人に会えて、嬉しい」マユは、泣きそうな顔になる。

「わたしも、嬉しい」

「だから、まずは、奨学金を返すことに集中しようと思って、生活を捨ててみたの」

「……斬新《ざんしん》な発想だね」

「今は、漫画喫茶で寝泊りしたり、友達のところに泊まったりして、できるだけお金は使わないようにして、奨学金を返す。返し終わったら、就職先を探して、生活のことを考える」

「返せそう？」

「多分、大丈夫じゃないかな。ここに半年もいると、お金を使わない方法とか、貯める方法とか、わかってくるから」

「そうなんだ」

「愛にも、教えてあげるよ」笑顔で、マユは言う。

「ありがとう」

声をかけてもらえて、本当に良かった。わたし一人では、永遠にこの生活から抜け出せなかったかもしれない。気持ちをわかり合える友達ができて、胸に希望が湧いてきた。

「明日は、どうするの？」マユが言う。

「日雇いのバイトで、工場に行く」またスマートフォンの箱を一日中折らなくてはいけない。

「日雇いで、働いてるの？」

「だって、それくらいしか、仕事なくない？」

「日雇いなんて、男が行くところだよ」おかしそうに、笑い声をあげる。「それか、おばさんとか。わたしも愛も、二十代前半って言ってもばれないし、もっと賢く稼がないと」

「どういうこと？」

「出会い喫茶って、知らない？」顔を近づけて、マユはわたしの目を見る。

一万五千円の彼女たち

　ピンク色のソファーに座り、スナック菓子を食べてジュースを飲むわたしの姿が、正面の鏡にうつる。隣のマユは、開いた雑誌の上にスマホを出して、ゲームをやっている。その姿も、鏡にうつっていた。

　鏡は、マジックミラーになっている。

　向こう側には男の人がいて、わたしたちの中から誰にするか、選んでいる。今日は、わたしとマユ以外に、女の子が五人いる。そのうちの三人は、店員に呼ばれて、鏡の向こう側へ出ていった。

　一人が戻ってきて、ソファーに座り、スマホを見る。

　どうだったのか知りたいけれど、聞いてはいけない。向こう側にいる男の人たちに聞こえないとしても、どういう話をしているのか、雰囲気で伝わるだろう。

　ドアが開き、店員が入ってくる。

「愛ちゃん、お願いします」

「はい」

食べかけのチョコレートをテーブルに置き、店員からタイマーと男性の自己紹介カードをもらい、鏡の向こう側に出て、指示された席へ行く。

漫画喫茶と同じように、席は壁で仕切られている。

カーテンを開けて中に入ると、二人掛けのソファーが一つ置いてある。

そこには、三十代後半くらいのスーツ姿の男性が座っていた。普通のサラリーマンという感じだ。優しそうな笑顔で、わたしを見ている。

「こんにちは」わたしから言う。

「こんにちは」

「座っていいですか？」

「どうぞ」

「失礼します」テーブルにタイマーを置き、男性の隣に座る。

タイマーのスタートボタンを押すと、制限時間の十分をカウントダウンしていく。

男性は笑顔のままで、何も言わない。

わたしから話した方がいいのだろうか。自己紹介カードを見ても、「楽しく話したいです」としか書いていなかった。

「お仕事の途中ですか？」

窓がなくて、外は見えないけれど、まだ明るい時間だ。

これくらいの時間は、年配のお客さんが多くて、二十代や三十代の人が来ることはあまりない。

「いちごで、どう？」わたしが聞いたことには答えず、男性は言う。

「……えっと」

「ホテル代は別に出すから」

「あの、その」

「何？　二万ほしいの？」

「お茶やごはんだけでは、駄目ですか？　カラオケとかでもいいです」

「はあっ？」笑みが消え、表情が険しくなる。

「わたし、ホテルは行かないんです」

「ああ、そう、じゃあ、いいや」

「すいません」タイマーを持ち、席を立つ。

店員にタイマーと自己紹介カードを返し、鏡の中の部屋に戻る。

マユも呼ばれたのか、いなくなっていた。

わたしはまたソファーに座り、テーブルの上のチョコレートに手を伸ばす。

初めてマユと話した次の日は、予定通りに日雇いバイトで工場へ行った。その日の夜にまたマユと話し、出会い喫茶について詳しく聞いた。

出会い喫茶は、出会いカフェとも言われている。

業務形態としては、あくまでも喫茶店やカフェだ。出会いを目的としていても、そこで知り合った女の子と男性が店を出た後でどこへ行って何をしようと店には関係ないので、性的な風俗店ではない。鏡の中の部屋に待機している女の子は、無料でジュースを飲めてお菓子を食べられて、雑誌を読めるしゲームもできる。けれど、その代わりに何かするように店から強制されることはない。

さっきの男性みたいにいきなりホテルに誘ってくる人は珍しくて、お茶やごはんやカラオケに一緒に行くだけでいいという人もいる。「いちご」は、一万五千円ということだ。ここに来る女の子の中には、その金額で男性とホテルへ行く人もいる。ホテルに行って、どこまでやるかは、交渉次第だ。これを「ワリキリ」と言う。わたしもマユもホテルへは行かず、お茶やごはんやカラオケに行き、男性に三千円から五千円をもらう。これを「茶飯《ちゃめし》」と言う。

もやっとするけれど、グレーゾーンというやつなのだろう。

法律的にはセーフでも、倫理《りんり》的にはアウトという感じがする。

男性はお店に入る時、コーヒーやジュースの値段としては高すぎる額の入場料を払っている。

そして、店員は男性だけだ。彼らの仕事は、ウェイターではなくて、客と女の子の仲介だ。飲み物は、漫画喫茶と同じように自動販売機が置いてあり、セルフサービスになっている。

安全だから一緒に行こうと言われても、一週間くらい断りつづけた。しかし、マユとは毎日のように漫画喫茶で顔を合わせる。断るのが次第に気まずくなった。日雇いバイトを一日休み、一回だけという約束で、出会い喫茶に来た。

ビギナーズラックというか、最初にいい人と会えた。父親と同世代くらいの男性で、一緒にお茶を飲んで話を聞いただけなのに、一万円くれた。話の内容は、会社の愚痴《ぐち》だった。意見しない方がいいと思ったので、黙って聞いていただけだ。その次の人は、カラオケに二時間付き合ったら、五千円くれた。わたしと同世代の男の子だった。カラオケが好きでも、一人で行くのは恥ずかしいと話していた。歌がとてもうまくて、聞いているだけでも退屈しなかった。

待機していた時間も入れて、五時間くらいで、一万五千円も稼げた。そこから出会い喫茶に何割か払うのかと思ったが、一円も払わなくていい。一円でも払えば、喫茶店ではなくなってしまう。男性がわたしにくれたお小遣いであり、給料ではない。そのため、源泉徴収もされず、全額が自分のものになる。

稼いだお金を持って、マユと二人でファミレスに行き、和風ハンバーグセットとサラダを食べて、ビールも飲んだ。労働の対価とは思えず、パッと使ってしまった方がいいと思ったからだ。性的な風俗ではなくても、誰かに胸を張って言える稼ぎ方ではない。良くないことをしたと感じたけれど、久しぶりに食べた温かい食事や野菜は、おいしかった。アルコールが一気に回ったので、ビールは一杯にしておいた。マユは、「店で会った男に奢《おご》らせればよかったのに」と言い、笑い声を上げた。

次の日には、日雇いバイトで工場へ行ったのだが、バカバカしく感じてしまった。

わたしはホームレスで、一日でも早くこの生活から脱せられるお金が必要なのであり、労働の対価とか考えている場合ではない。より早く、より多く、お金を稼げる方法を選ぶべきだ。稼ぎ方として、いいか悪いかなんて、どうでもいい。彼氏や男友達に、ごはんやお酒を奢ってもらったことは何回もある。お小遣いをもらうだけで、そういうことと大差ない。

そう考え、日雇いバイトに行くのをやめて、出会い喫茶に来るようになった。

出会い喫茶は、漫画喫茶と同じ通り沿いにあるので、交通費もかからない。時間を有効に使えるし、無駄な出費をしないでよくなった。

だが、最初の日のようにうまくいくことは、なかなかない。

さっきみたいな男性に「いちごで、どう？」と、言われつづける日もある。

「愛！」戻ってきたマユがわたしに駆け寄ってくる。

「どうした？」

「一緒に出よう。二人で来たら、多めに出してくれるって」

「えっ？　3P目当てとかじゃないよね？」

自分は絶対に身体を売らないと決めていても、ずっとここにいると、そういう思考に慣れてしまう。ちょっと前までは「3P」なんて、AVの中にだけ存在する言葉だと思っていた。

「違うよ！」マユは、笑う。「カラオケ行こうって。自分は歌わないから、二人で歌っていいって」

「ええっ！　行く！　行く！」

店員にも伝え、マユに手を引かれて、鏡の向こう側に出る。


「ラッキーだったね」マユは、目の前に一万円札をかかげる。

「いい人だったね」わたしも、同じようにする。

おじいちゃんとしか言いようがない男性で、カラオケで三時間も歌わせてくれた上に、わたしとマユにそれぞれ一万円くれた。カラオケボックスの隅の席に、おじいちゃんは黙って座っていただけだ。若い女の子と同じ部屋にいて、その空気を吸いたかったのだろうか。最初は、おじいちゃんに合わせた方がいいのか気を遣ったけれど、何も言われないので、途中からは気にせず好きに歌っていた。そこに置物があるだけで、マユと二人で遊んでいる気分だった。

「どうする？　店に戻る？」マユに聞く。

「今日は、これでいいかな」カバンから財布を出し、一万円札を入れる。

「わたしも、これでいいな」わたしも、財布を出す。

なかなか稼げない日があっても、いい人と会えれば、日雇いバイトに行くよりずっと多くもらえる。

アパートを借りられて、三ヵ月くらい生活できる額が貯まったら、やめよう。日雇いバイトで貯めたお金もあるから、あと五十万円もあれば、充分だ。このままのペースでいくと、春になる頃には、貯まる。それから、落ち着いて仕事を探す。

「炊き出し、行こうか」スマホを見て、マユが言う。

「早くない？」

輝くネオンの隙間に見える空は、暗くなっている。

それでもまだ、六時を過ぎたくらいだ。

「教会で五時半から礼拝があって、おにぎり配るって」

「間に合う？」

「配るのは礼拝の後だから、大丈夫だと思うよ」

「わたし、公園の野菜スープがいいな」

「スープは七時からじゃないかな」スマホで調べてくれる。「おにぎりもらった後で公園に行けばちょうどいいよ」

「そうしよう」

「じゃあ、急ごう」

マユが駆け出したので、わたしも走って追いかける。

教会や役所やホームレスが住みついている公園では、定期的に炊き出しをやっている。

冬場は、多いらしい。おにぎりやスープの他に、サンドイッチやカレーやハヤシライスが配られることもある。

わたしもマユも、公園に住みついているおじさんたちみたいに、破れた服を着たりはしていない。マユから炊き出しのことを聞いた時には、「ホームレスです」と言っても無理があるんじゃないかと思った。でも、常連という感じのマユが連れていってくれたからか、意外と簡単にもらえた。毎日のようにどこかで何か配っていて、その情報はネットで調べられる。炊き出しに行かなくても、出会い喫茶で会った男の人にごはんやお酒を奢ってもらい、夕ごはんを済ませることもある。

漫画喫茶で毎日冷たいパンを食べていたのは、三週間くらい前のことだ。そんな生活ができていたなんて、今では信じられない。

「どうした？」教会の前で、マユは振り返る。

「マユと会えて良かったと思って」

「急に何言ってんの？」笑いながら言う。

「だって、マユがいない生活は、もう考えられないもん」

わたし一人では、出会い喫茶や炊き出しについて調べられたとしても、行動できなかった。

「大袈裟《おおげさ》だよ」

「そんなことないよ。今日、教会でおにぎりもらえるのも、マユのおかげ」

「まだもらってないから」

「そうだね」

教会に入ると、礼拝の途中だったので、一番後ろのベンチに座る。

ホームレスにならなかったら、教会なんて来る機会もなかった。神父様の話はさっぱりわからないけれど、礼拝に参列しているだけで、心が洗われていく気がする。男の人からお金をもらって生活していることは、状況的にどうしようもないことで、神様は許して下さるだろう。

礼拝が終わったら廊下に出て、炊き出しの列に並び、おにぎりを二つもらう。

「マユも愛も、身体は大丈夫ですか？」おにぎりを配っているおばさんが声をかけてくる。

近くに住むボランティアの人で、シスターというわけではないようだ。けれど、キリスト様を信じているのだろう。穏やかで優しい話し方をする。

「大丈夫です」マユは、相手の口調をマネして、穏やかに答える。

「くれぐれも、無理しないように。何かあれば、わたしたちを頼りなさい」

「ありがとうございます」わたしもマユと同じように、相手の口調をマネする。

貧困女子と言われ、ホームレスになる女の子は増えているらしい。だが、こうして、教会の炊き出しに来る女の子は、ほとんどいない。誰にも頼れずに一人で、少し前のわたしと同じような生活をしているのだろう。教会に来ると、特別に優しくしてもらえるように感じる。

でも、教会の人たちを頼ったところで、就職先を紹介してもらえるわけではない。

人生は、自分一人でどうにかするべきだ。

教会から出て、おにぎりを持ったまま、公園に向かう。

荒れた肌に沁《し》みるほど冷たい風が吹いている。

あと一ヵ月もすれば暖かくなるのだろうけれど、今はまだ、寒い日がつづいている。

出会い喫茶でお金を稼ぎ、漫画喫茶で眠れるだけ、わたしとマユはいい方なのだと思う。公園に住みついている中には、二十代後半や三十代前半くらいの人もいる。彼らは、日雇いバイトの中でも、解体作業とかのキツい仕事で稼いでいるようだ。身体を酷使《こくし》するばかりで、給料は安くて、割に合わない。そのうちに身体を壊して、仕事にも行けなくなり、ホームレスから抜け出せなくなるのだろう。

コートのポケットの中で、スマホが鳴る。

出して確かめると、雨宮からの着信だった。

そのまま、ポケットの中に戻す。

「出なくていいの？」マユが聞いてくる。

「いつものだから」

「雨宮君だっけ？」

「そう」

「出てあげればいいのに」

「いいの。それより早く行こう」

ポケットの中で、スマホは鳴りつづける。

あまりにもしつこくメッセージが送られてくるので、実家に連絡されたら困ると思い、一度だけ〈元気にしてます。放っておいてください〉と、返信した。それで雨宮がおとなしくなるとは思っていなかったけれど、毎日のように電話がかかってくるようになるとも思っていなかった。仕事帰りの習慣にしているのか、これくらいの時間にかかってくることが多い。出ないでいると、留守電に「ふざけんなっ！　どこにいんだっ！」という怒鳴り声が吹きこまれたり、〈どこにいるんですか？　心配しています〉と優しさを装ったメッセージが送られてきたりする。

最初の頃は、今の状況を話したくないという気持ちと同時に、申し訳ないと思っていた。でも今は、怖いとしか感じない。十回くらいつづけて電話してくることもあり、ストーカーみたいだ。

たとえ今から謝っても、長時間の説教をされた後で、絶交を言い渡されるだけだ。わたしがどうしてこういう状況になったのか、公務員の雨宮には、どんなに話してもわからない。そんな人に怒られたら、こっちだって腹が立つ。

このまま無視していれば、向こうもいつか諦める。

それまでの辛抱《しんぼう》だ。

朝起きて、漫画喫茶の中をさがしたけれど、マユはいなかった。

メッセージを送ってみたが、返信はない。

昨日は、公園で野菜スープをもらっておにぎりと一緒に食べた後、マユと別れた。

「友達と会う」と、言っていた。マユは毎日、漫画喫茶に泊まっているわけではなくて、都内に住む友達のアパートに泊まる日もある。漫画喫茶の受付で男の子たちに聞いても、「昨日は、マユさん来ませんでしたよ」と、言われた。

出会い喫茶に行けば会えるだろうと思ったが、来ない。

もうすぐ十二時になる。

もう一度メッセージを送ってみる。

一緒に来ても、マユだけが男性と外出して、わたし一人になることはある。大丈夫と思っても、朝から一人というのは、心細い。いつもマユといるから、他の女の子とはほとんど話したことがない。そして、この時間は、同世代の女の子が少なくて、なんだか気まずい。

朝の十時に、出会い喫茶は開店する。

午前中から来る人なんていないだろうと思ったが、意外といる。四十代から五十代の男性が多い。この人たちはいったい、どんな仕事をしているのか気になっても、聞かないようにしている。こういうところに来て、女の子に払うお金があるのだから、それなりに儲《もう》かっているはずだ。悪い商売をして儲けているという感じではなくて、普通の人ばかりだ。

男性に合わせているわけではないけれど、平日の午前中からお昼すぎは待機している女の子の年齢層も高い。三十代の女性が何人かいる。シングルマザーやパート感覚の主婦が来る。午後になると、二十代前半から半ばの女の子が増える。二十代半ばのわたしは、三十代の女性に囲まれると若く見えるので、平日の午前中は指名が入りやすい。夕方以降は、ワリキリ目当てのお客さんが増えるというのもあり、わたしはできるだけ朝から来るようにしている。

「今日、マユちゃんはいないの？」隣に座っている女性が話しかけてくる。

ここでよく会う人だ。平日は、毎日のように来ている。背が低くて、太っているのだけれど、触りたくなる柔らかそうな身体だ。色白でかわいい顔をしていて、人気がある。年齢は、わたしより少し上だと思う。

「そうなんです」

「もう慣れた？」

「いや、まだ」

「そうなんだあ」

教会のボランティアのおばさんより、更に穏やかな話し方だ。スローモーションなんじゃないかと思えるくらい、ゆっくり喋る。

大学生の頃、雨宮が付き合っていた彼女の中に、こういう感じの女の子がいた。丸っこくてぼんやりしているところがかわいい、と雨宮は言っていた。しかし、そのぼんやりが人を苛立《いらだ》たせることもある。彼女は、元彼に暴力を振るわれていた。殴られ、蹴り飛ばされ、雨宮のところに逃げてきた。色々と問題はあるみたいでも、仲良くしているし、楽しそうに付き合っていると思っていた。それなのに、ある日彼女は、元彼のところに戻ってしまった。

「ここに来るようになって、長いんですか？」わたしから聞く。

「うーん」首をかしげたまま、固まってしまう。

「あっ、嫌ならば、答えなくていいです」

「二年くらいかな」

「結構、長いですね」

「あれ？　三年くらいだったかな」

「えっ？」

「忘れちゃった。他にも、行ったりしてるから」そう言って、笑う。

笑顔はかわいいけれど、なんだかむかつく。

わたしは、雨宮の彼女にも、むかついていた。

彼女は、かわいそうな自分に酔っていて、雨宮の気持ちなんて考えてもいなかった。

「愛ちゃんはまだ、一ヵ月くらいだよね」

「三週間と少しくらいです」

名前を呼ばれたことに少しだけ驚いたけれど、女性の自己紹介カードが店内に貼ってあるし、男性に指名された時に店員から呼ばれるので、お互いの名前は知っている。

偽名を使っている人が多いのだが、わたしは考えるのが面倒くさいというか、恥ずかしい感じがしたので、本名の「愛」のままだ。マユも、「マユ」のままだから、本名の人は他にも何人かいると思う。

今話している女性は、「サチ」という。

「一ヵ月と三週間じゃ、そんなに変わらないじゃん」サチさんが言う。

「ああ、まあ、そうですね」

「早く春になるといいね」

「サチさんも、ホームレスなんですか？」

「ううん」首を横に振る。「わたしは、子供がいるから。上の子は、春から小学校三年生になるの」

「大きいんですね」

「大きくないよ。わたしと同じで、小さいんだよね」

「あっ、そういう意味ではなくて、そんな年齢のお子さんがいるようには見えませんねということです」

「ん？　どういうこと？」首をかしげて、わたしを見る。

「えっとですね」

いまいち会話がかみ合わない気がするのは、わたしが悪いのだろうか。話すテンポの差だけではなくて、質問と返事が呼応していない感じがする。

「愛ちゃん、お願いします」店員が入ってくる。

「はい」

「いってらっしゃい」手を振りながら、サチさんが言う。

「いってきます」手を振り返して、鏡の向こう側に出る。

店員からタイマーと自己紹介カードをもらい、指示された席へ行くと、昨日カラオケに行ったおじいちゃんが座っていた。

「ああ、こんにちは」

「こんにちは」おじいちゃんが言う。

「失礼します」タイマーのスタートボタンを押してテーブルに置き、おじいちゃんの隣に座る。

「今日、マユちゃんはいないんだね」

「そうなんです」

「お客さんとどこか行ったの？」

「違うんです。お休みです」

わたしたちは、お店に雇われているわけではない。「お休み」とは違う気がするが、他の言い方が思いつかなかった。

「風邪ひいたのかな?」

「ちょっと用があるみたいです」

「そう」

「わたしよりマユが良かったですか?」

「そんなことないよ。愛ちゃんも、大好き」両手で包むようにしてわたしの手を握る。

スキンシップはNGということにしている。でも、相手はおじいちゃんだし、拒否するほどのことではないだろう。

「どうします?　今日も、カラオケに行きますか?　マユはいませんけど、誰か女の子を誘いますよ」

サチさんでもいいし、他の女の子でも昨日のことを話せば、誰か来るだろう。

「今日は、カラオケはいいや」

「じゃあ、お茶でも飲みにいきますか?」

「それも、いいや」

「ここだと、十分しか話せませんよ。それとも、わたし以外の女の子と外出したいんですか?」

「ううん。愛ちゃんがいい」

「良かった。ありがとうございます」

おじいちゃんは、手を握ったままで、わたしを見る。

「ホテル行こうか？」

「えっ？」

「昨日、一万円あげただろ」

「あれは、昨日のカラオケに対するお小遣いですよね」

「カラオケだけじゃ、一万円はあげられないよ」

「えっと、でも」

「二人に一万円ずつくれたら、今度はホテルに行ってもいいって、マユちゃんが言ったんだよ」

「わたし、聞いてません。マユに頼んでください」そうっと、手をはなす。

「だって、今日、マユちゃんいないんだろ」

「……でも」

はなした手を摑まれる。細い腕なのに力があり、振り払っても、はなしてもらえない。

「手や口でやってくれればいいから」

「わたし、ホテルには行かないんです。一万円は返しますから、はなしてください」

「なんだよっ！　それじゃ、約束と違うじゃないかっ！」怒鳴り声を上げる。

「だから、それは、マユが言ったことで」

「頼むよ。二万円出すから。本番までやらせてくれるなら、三万出してもいい」

「ごめんなさい。無理です」

さっきの怒鳴り声が聞こえたのか、カーテンが開いて店員が入ってくる。

「どうしました？」

「ホテルに行くっていう約束だったのに、守ってくれないんだよ」わたしの手を摑んだまま立ち上がり、おじいちゃんは店員に言う。

「約束したの？」店員は、わたしを見る。

「わたしじゃなくて、マユです」

「ああ、なるほど」呆れた表情で、溜息《ためいき》をつく。

「愛ちゃんが無理ならば、今すぐマユちゃんを呼べよっ！」

「女の子がいつ来るのか、私共は強制できないんです。申し訳ありませんが、マユちゃんが次に来た時に交渉してください。愛ちゃんは、ホテルには行かないので」

「他の女の子にする」おじいちゃんは手をはなして、座る。

「失礼します」

カーテンの外に出て、店員の後ろについていく。

店員が振り返り、わたしの方を見る。

「愛ちゃんもさ、ワリキリやらないと、客がつかなくなるよ」小さな声で言う。

「えっ？」

「まあ、好きにしてもらっていいんだけど」

「はい」

鏡の中の部屋に戻り、ソファーに座る。

「出かけないの？」サチさんが声をかけてくる。

「駄目でした」

今日はもう帰りたい。でも、ここを出ても、行くところがない。

テーブルの上で、スマホが鳴る。

電話の着信だから、また雨宮かと思ったが、日雇いバイトの事務所からだった。

「はい。もしもし」

「お疲れさまです。水越さん、新しい仕事って、もう決まったんですか？」

「いえ、まだです」

アルバイトに行っていなくても、登録は残したままだ。それなのに、仕事を入れていないので、就職先が見つかったと思われたのだろう。

「ああ、良かった。急なんですけど、明日の朝から入れませんか？」

「なんの仕事ですか？」

「先月、事務作業に行ったでしょ？」

「はい」

「そこから、今月も水越さんにお願いしたいって、言われたんだよ」

「ありがとうございます。行きます」

「詳細は、メール送ります」

「お願いします」

相手が切るのを待ってから、電話を切る。

工場や倉庫だったら断ったけれど、先月事務作業で行った会社は、話が別だ。稼げる額は少なくても、あの会社で働けるならば、構わない。


漫画喫茶でシャワーを浴び、飲み物を取りにいこうとしたら、受付にマユがいた。大声で笑いながら、受付の男の子たちと喋っている。

「愛」マユは、わたしに手を振ってくる。

「今日、どうしてたの？」

「なんで？」

「連絡とれなかったから」

何度もメッセージを送ったのに、返信は一度もなかった。

「ごめん。友達と話してたから」

「それでも、返信くらいできるでしょ」

「えっ？　なんか、怒ってる？」そう聞くマユの方が怒った話し方になる。

「そういうわけじゃないけど」

「そうだよね。だって、別に、返信しなきゃいけない義務とかないし」

「今日、大変だったんだよ」

「何が？」

受付の男の子たちには聞かれたくないので、オレンジジュースを入れてから、マユの使っている個室に行く。

わたしが使っている個室とはタイプが違う。ソファーはなくて、床に座れるようになっている。マユはここに泊まる時は、必ずこの個室を使う。毎日来るわけでもないのに、私物を置いて、自分の部屋のようにしている。壁《かべ》には洗濯物がかかったままだ。いない時の分の代金も払っているらしい。そんなことをしていたら、出会い喫茶で稼いで炊き出しに行っても、奨学金を返せるほどのお金は貯まらないんじゃないかと思う。

「で、何があったの？」マユは、床に座る。

「昨日のおじいちゃんが来た」わたしも、座る。

一畳程度しかない中にパソコンを置いた机もあるので、ピッタリくっついて、並んで座ることしかできない。一人用の個室に二人で入ることは、基本的に禁止されている。だが、マユが受付の男の子たちと仲良くしているので、注意されることはない。

「またカラオケ行ったの？」

「違うよ。ホテル行くって、約束したんでしょ？」隣に聞こえないように、小声で話す。

「えっ？」眉間に皺を寄せる。

「そのための一万円だったんじゃないの？」

「そんな約束してないよ」

「だって、おじいちゃんがそう言ってたよ」何があったのか、詳しく話す。

「おじいちゃんが嘘ついてるんじゃない？」マユは、のぞきこむようにわたしの目を見る。

「どういうこと？」

「嘘っていうか、最初からそのつもりだったのかも。まず、カラオケのことをわたしと交渉する。その時どういう交渉をしたのか、愛にはわからない。その後で、わたしがいない日に愛を指名する。こういう交渉だったって嘘をつけば、愛は断れなくなる。そういう計算だったんじゃないのかな」

「ええっ！」

「あそこに来る人は、交渉術を考えてるんだと思うよ。ワリキリやらないって決めてた子でも、結局はホテル行くようになったりするから。店員も、茶飯だけでいいって言いながら、ワリキリ勧《すす》めてくるようになるし」

「それ、今日、言われた。ワリキリやらないと、客がつかなくなるって」

「そう言って、女の子を追いこむっていう手口だよ。店としては、ワリキリ目当てでバンバンお客さんが来た方がいいから」

「客もわたしたちも店員も、嘘のつき合いみたいなところがあるから、愛はだまされないようにね」

「そっか」

「……ごめんね」

マユはいつもわたしに親切にしてくれるのに、疑ってしまった。

「いいよ、気にしないで」マユは、笑って許してくれる。「そういうこともあるって、ちゃんと話してなかったわたしが悪いんだから」

「ううん。ああいうところで働くのに、バカみたいに人を信じたわたしが悪いんだよ」

「まあ、でも、悪い人ばっかりじゃないから」

性的な風俗ではないと言っても、女の子とホテルに行くことを目当てに来る男性は多い。正直に交渉しているだけでは、いつかまただまされてしまう。おじいちゃんだからと油断して、手を握らせたのも、良くなかった。それによって、「いける！」と判断したのかもしれない。

出会い喫茶で稼ぎつづけるためには、自分でルールを決めて、強い意志を持つことが必要だ。

明日は日雇いバイトに行くし、少し距離を置いて、どうしていくのか考えた方がいい。

「明日は、どうするの？」マユが聞いてくる。

「日雇いバイトに行く」

「なんで？　もう行かないんじゃなかったの？」

「前にも行ったことある会社でね、また来てほしいって言ってもらえたの」

「へえ、そうなんだ」つまらなそうに言い、机に置いてある紙コップを取り、ジュースを一口飲む。

また怒らせてしまったのだろうか。

「ベンチャーの会社で、すごいお洒落なオフィスなんだよ。つづけて行けば、そこに就職できないかなって思って」

「それは、無理でしょ」紙コップを置く。

「えっ？　そうかな？」

「だって、ベンチャーって、何やってる会社なの？」

「ネットで有機野菜の販売とかやってるみたい。農家から直接買いつけたり」

「そこで、愛に何ができるの？　企画考えたりなんてできないでしょ？」

「そうだけど。まずは、事務職で入って、勉強していけばいいかなって」

「そういう会社は、即戦力が欲しいんじゃない？　仕事しながら勉強するみたいな甘い考えの人は必要ないし、事務の女の子もレギュラーでは必要ないから、日雇いを頼んでるんでしょ」

「ああ、まあ、そうだよね」

確かに、あの会社に就職したいと夢を抱いたところで、わたしがすぐにできることは、事務作業だけだ。パソコンは使えるけれど、あの会社で必要とされているような高い技術は持っていない。それでもいいというほどの企画力だってない。総務部や経理部があったとしても、求められるのは、その仕事のスペシャリストだろう。二十歳前後の子ならば、インターンやアルバイトで勉強しながらということでもいいのかもしれないが、わたしはもうそれが許される年齢ではない。

あの会社ではなくても、二十六歳にもなって、郵便物を速く出すくらいの技術しかない人を採用しようとは考えない。

お金が貯まったら、就職活動する前に、資格でも取った方がいいのかもしれない。資格があったところで就職できるわけではないと聞くけれど、何もないよりかはマシだ。アパートを借りて、資格も取るとしたら、いくら貯めればいいのだろう。

「明日は、わたしも出会い喫茶に行くし、日雇いに行くのなんてやめなよ」

「行くって言ったら、もう断れないの」

「そうなの？　風邪ひいたとか言えばいいじゃん」

「さっき電話がかかってきて、行けるって言ったのに、風邪っていうのは通じないかな」

「明日の朝、電話するんだったら、いいんじゃない？　夜中に熱が出たっていうことにすれば」

「うーん。でも、仕事を断ると、もう紹介してもらえなくなるから」

「それでも、いいじゃん。問題なくない？　工場や倉庫には、もう行きたくないんでしょ？」

「うん」

「行くだけ無駄のベンチャーにも行く必要ないでしょ？」

「そうだね」

「この先また、仕事を紹介してもらうことってある？」

「ない」

どうせあの会社には就職できないのだから、出会い喫茶に行って、少しでも多く稼いだ方がいい。わたしに必要なのは、お洒落なオフィスで働くことではなくて、お金だ。でも、あの会社に派遣されるのは、一人だけだ。事務やパソコンの仕事をできる人は少ないから、明日の朝いちで電話して断ったら、代わりの人は見つからないかもしれない。わたしを指名してくれたのだし、行くべきだ。

「やっぱり、明日は、日雇いに行くよ」

「なんで？　行くだけ無駄じゃん」マユはバカにしているように、鼻で笑う。

「でも、仕事だから」

「そういう倫理的なこと言ってる余裕なんてないでしょ」

「そうなんだけど……」

「一緒に出会い喫茶に行こうよ。おじいちゃんがまた来たら、カラオケに行けるように交渉するから」

「あのおじいちゃんは、いいや」

「他の人でも、愛にとっていいように、わたしが交渉する」笑顔になり、わたしの手を握る。

「最近、毎日のように出会い喫茶に行ってたし、少し休みたいな」

「出会い喫茶で、休めばいい」

「うーん」

わたしがどんなに言ったところで、マユは引かない。

明日は朝早いし、嘘をついてでも、自分の個室に戻った方がいい。

最近はマユのペースに合わせて、ナイトパックの時間を過ぎても、漫画喫茶にいた。

明日は久しぶりに、ちゃんと五時にここを出よう。仕事用の服を着て、お化粧もしたいから、四時には起きる。今すぐに寝ても、五時間も眠れない。

「あっ、明日は、久しぶりに友達と会ってこようかな」

一緒に出会い喫茶に行くと嘘をついていなくなったら、マユは怒る。

明後日からまた出会い喫茶に行くし、この街で暮らしていくための情報をもらえなくなると困るから、できるだけ仲良くしていたい。

「友達？　雨宮君と会うの？」

「違うよ。他の友達。これからのこととか、相談したいし。夕方までには、帰ってくる」

「絶対、帰ってきてよ」

「じゃあ、もう寝るね」

「おやすみ」マユは、笑顔で手を振る。

「おやすみ」手を振り返し、マユの個室から出る。

隣の個室から男の人が出てくる。

わたしとマユの会話を聞いていたのか、彼はわたしを上から下まで見る。

何も言われないうちにすれ違い、自分の個室に戻る。


電話の着信音で、目が覚めた。

机に置いてあるスマホを取ると、日雇いバイトの事務所からだった。

時間は、十時を過ぎている。

「もしもし」

「水越さん、今、どこにいるの?」

「あの、その、えっと」血の気が引いていき、指先が冷たくなっていく。

「派遣先から、まだ来ないんですって、連絡があったんだけど」

「すいません。寝坊してしまって。今すぐに行きます。十一時には、着けます」

「行かなくていいよ。一日だけのことなんだから、遅刻なんかしたら、一気に信用がなくなるんだよ」

「そうですよね」

「向こうは、水越さんの仕事を評価してくれていたのに」

「あの、せめて、謝りにいかせてください」

「行かなくていいです。うちの規則、わかってるよね？」

「はい」

「登録は削除されるから」

「……申し訳ありませんでした」

わたしが言い終わるよりも前に、向こうは電話を切る。

昨日、アラームをオンにして、眠った。

朝早くに音を鳴らせないので、震えるだけに設定した。震動が机に響《ひび》き、その微《かす》かな音でも、いつもはちゃんと起きられる。もしも起きられなかった場合のために、十分置きで三回セットした。

アラームを確認すると、全てがオフになっている。

セットを間違えたなんてことも、自分で切ったなんてこともないと思う。寝る前に、何度も確認した。どんなに寝ぼけていても、三回も切れば、目が覚める。

でも、個室には一人しかいないのだから、わたしがオフにしたのだろう。

そう思いながら、見回すと、鍵が開いていた。

漫画の棚の前に置いてある脚立《きゃたつ》を使えば、仕切り板の上から手をかけて、鍵は簡単に開けられる。そんなことをしたら目立つから、大丈夫だと思っていたが、深夜や明け方ならば誰にも見つからずにできるかもしれない。防犯カメラがあるけれど、店員の男の子たちは、常に見ているわけではないだろう。

貴重品を入れたショルダーバッグを確認するが、お財布は入っていて、現金もカードも無事だった。

スーツケースもあるし、盗まれたものはなさそうだ。

マユだ！　という気がした。

お金目当てで入ったものの、お財布を見つけられなかったとかならば、アラームまでオフにする必要はない。マユだって、そんなことをする必要はないのだけれど、他に考えられなかった。

鍵をかけ直し、もう一度荷物を確認してから、ソファーに座る。

寝坊してしまったのはわたしで、もうどうしようもない。

行こうかどうしようか迷って、気が抜けていた自分のせいだ。アラームがオフになっていたからといって、十時まで寝ていたのは、緊張感がなくなっていた証拠だ。前は、日雇いバイトに行く日は、何が起きても遅刻してはいけないという意識があり、セットした時間よりも前に目が覚めていた。

出会い喫茶に行き、日雇いバイトでもらえるはずだった額以上に稼ごう。どうせ、もうバイトに行くつもりもなかったのだし、登録が削除されても構わない。

そう思っても、気分が落ちていくのは、だらしなくなっていく自分に幻滅《げんめつ》しているからだ。

わたしは、いつからこんな風になってしまったのだろう。マユと離れ、日雇いバイトで稼ぐ生活に戻った方がいい。でも、それではいつまで経っても、ホームレスから抜け出せない。優先すべきは、お金だ。しかし、それは、楽をするための言い訳にも思える。倉庫や工場で働くより、出会い喫茶の方が楽に稼げる。男の人からお小遣いをもらうたびに、精神が削られていく感じはするけれど、いつか慣れる。最初の日に一万円もらった時の罪悪感は、すでに感じなくなっている。慣れてしまえば、自分に幻滅することだってなくなる。

日雇いバイトで、冷たいパンだけを食べる生活に戻れる気もしなかった。あの時は、ホームレスになったばかりで、緊張の糸が限界まで張りつめていた。一度緩んでしまった糸は、元に戻せない。

とにかくお金が必要なんだ。

お金さえあれば、今の生活から抜け出せる。

とりあえず着替えて、顔を洗い、漫画喫茶を出よう。ここにいる時間が長くなれば長くなるほど、お金を取られる。

ナイトパック以外の時間もいるようになったから、電車賃や食費は減ったのに、お金はあまり貯まっていない。マユに言われるまま、ファミレスや居酒屋で使ってしまったこともある。たまのことだからいいと思っていたけれど、もっとちゃんとしなくてはいけない。

着替え終えて、貴重品を入れたショルダーバッグと洗顔セットを持ち、個室から出る。シャワールームを使うほどではないからトイレで顔を洗い、歯を磨きながら鏡を見る。

顔つきが変わった気がする。

アイラインを引いているわけでもないのに、目つきがきつい。

先輩の結婚式の二次会で、雨宮と話した時、正面の店のガラス扉にわたしと雨宮の姿がうつっていた。あの時は、もう少し穏やかな表情をしていて、こんな顔ではなかったと思う。

トイレから出て、個室の間を抜けていく。

通路の先に、マユの個室がある。

いつも閉まっているドアが開いていて、清掃《せいそう》道具を持った店員の男の子が出てくる。

寝坊したと気がついた時以上の勢いで、血の気が引いていく。

走って、店員の男の子を追いかける。

「マユは？」

「えっ？」

「どうして、掃除してるの？」

「ああ、マユさん、出ていったんで」

「いつ？」

「夜中、三時くらいです。迎えがくるって言ってました。愛さんの部屋に、手紙が置いてあるはずですよ」

「……手紙？」

「ありませんでした？」男の子は、受付へ戻っていく。

振り返り、わたしはマユの個室を見る。

昨日の夜まで、私物が並んで洗濯物が干してあったのに、何もなくなっていた。最初から、誰もいなかったみたいだ。


マユにメッセージを送っても返信がないし、電話をかけても出ない。

漫画喫茶を出て、出会い喫茶に来たけれど、今日は「いちごで、どう？」という人ばかりで、茶飯での外出ができそうになかった。スナック菓子を食べてジュースを飲みながら、マユに電話をかけつづける。オプション契約をしていないのか、留守電にならず、呼出音が繰り返し鳴るだけだ。

清掃をしていた男の子から話を聞いた後で個室に戻り、探してみたけれど、マユからの手紙なんてどこにもなかった。夜中の三時前、マユは受付の男の子たちに「愛に手紙を残したい」と嘘をついて鍵を開けてもらい、わたしの個室に侵入したんだ。

昨日、二人で話した時、わたしが嘘をついたとマユは気がついていたのだろう。それを調べるために、わたしのスマホを見た。スマホのロックなんて、指紋で解除できるので、眠っているわたしの指にあてるだけでいい。メッセージや着信だけではなくて、他にもいくつかのアプリも調べて、やっぱり日雇いバイトに行くつもりなんだと気がつき、アラームを止めた。

そういうことだったのではないかと想像できても、なんのためにやったのかはどれだけ考えてもわからない。出ていくのならば、今日以降のわたしが何をしたって、マユには関係ないことだ。

電話を切り、メッセージが届いていないか、確認する。

何度見ても、何も届いていない。

どこに行くのか、マユは誰にも言わなかったようだ。漫画喫茶でも出会い喫茶でも、受付の男の子たちや店員に聞いてみたが、誰も知らなかった。「急にいなくなるなんて、よくあることだから」と、言われただけだ。

東京を離れて、遠いところへ行ったのかもしれない。移動に時間がかかり、スマホを見る気力もないくらい疲れているのだろう。ホームレスから脱することができたのならば、それはいいことだし、友達として「良かったね」と言うべきことだ。でも、いなくなる前に、わたしには言ってくれても良かったんじゃないかと思う。一ヵ月くらい、仲間という感じでいつも二人でいたから、自分だけ抜けがけするようで、言いにくかったのだろうか。落ち着いたら、きっと連絡をくれる。

しかし、そんなことはないという気しかしない。

アラームを止めるという意味不明の行動が、いい方に考えようとする気持ちの全てを否定する。

とっくに友達の家に着き、マユはお菓子を食べたりお酒を飲んだりしながら、テレビでも見ているのだろう。スマホが鳴っても、面倒くさいから無視している。わたしに連絡してくることは、もうない。

悪く考えてはいけないと思っても、これが正しいと思う。

いい年して、自分に都合の悪いメッセージや電話を無視していいと考えているなんて、信じられない。

だが、それは、わたしが雨宮にやっていることだ。

結局、茶飯での外出は一度もできないまま夕方になり、漫画喫茶に戻ってきた。

何もやる気が起きなくて、個室のソファーに座り、丸くなる。

もっと遅い時間まで出会い喫茶にいようかと思ったが、二十代前半の女の子がたくさん来たので、やめた。わたしが一人でいる時に年齢を聞かれて「二十三歳です」とか答えても、嘘だとばれないだろう。でも、本当に二十三歳の子やもっと若い子たちに囲まれると、二十代半ばであることは隠せなくなる。どこがどう違うという具体的な差があるわけではないのに、わたしと彼女たちは全然違う。他に若い子がいるのに、わたしを指名するような人がいたら、それはワリキリ目当てだ。

アラームを止められず、ちゃんと起きていれば、お洒落なオフィスで事務作業をして、九千円くらい稼げた。

このまま、茶飯では稼げない日がつづいたら、どうすればいいのだろう。前とは違う派遣会社に登録して、日雇いバイトに行くしかない。稼がなくては、漫画喫茶にもいられなくなる。もうすぐ春になるけれど、夜はまだまだ寒い。野宿できる気温ではない。バイトに行くしかないとわかっていても、また倉庫や工場に行くのかと思うと、気が重くなる。

怒られたくないとか子供みたいなことを考えていないで、雨宮に電話すればいいのだろう。

雨宮ではなくても、他の友達に「しばらく泊まらせてほしい」と、頼めばいい。

今ならばまだ、静岡に帰れるお金だってある。

友達よりも、父に頭を下げて、お金を借りるべきだ。

しかし、そうすることを考えると、日雇いバイトに行くことを考える以上に気が重くなり、息が苦しくなってくる。

二ヵ月近く、雨宮からのメッセージも電話も無視しつづけているので、もうとっくに父のところに連絡がいっているだろう。高校の同級生だった雨宮は、わたしの実家の電話番号を知っているはずだ。知らなかったとしても、地元の友達から聞き出せる。けれど、他人でしかない雨宮がそこまでやったところで、何もしないのが父だ。

父は、静岡県内でいくつかの店を経営している。わたしが子供の頃は、レンタルビデオ店やカラオケボックスを何店舗か経営していた。どの店も潰れ、わたしが高校生になった頃には、イタリアンレストランを三店舗経営していた。今は、何をしているのか、知らない。その時の流行《はや》りに合わせて、店を出しては潰すということを繰り返していたので、イタリアンレストランもとっくに潰れていると思う。儲かっている時はいいけれど、店が一つ潰れてまた新しく店を出すのに合わせて、借金が増えていったようだ。だが、そんな事情は知らないので、わたしは小学校を卒業するまで、うちは裕福な方だと思っていた。

市内でもいいところにある一軒家に、父と母とわたしの三人で暮らしていた。

しかし、仕事が忙しいと言い、父はあまり家に帰ってこなかった。月に一回か二回帰ってくれればいい方だ。いつも家にいない人にいられてもどうしたらいいのかわからず、父が帰ってくると、わたしは異様なほど明るく振る舞った。父は父親を演じ、わたしは娘を演じた。母は、困ったような顔をしていた。

中学一年生の夏、母が入院した。

その頃、父はもう、うちには全く帰ってこなくなっていた。

母の病気のことを伝えるために父に電話をかけても、出ない。やっと出たと思ったら、

「忙しい。金ならば、どうにかする」とだけ言われた。小学校を卒業した時点で、わたしは子供扱いするべきものではなくなったのだろう。父は父親を演じなくなったので、わたしも娘を演じなくなった。その時は二週間ほどで退院したが、母はそれからも通院をつづけて入退院を繰り返した。がんだった。最初は、胃がんと診断された。胃の三分の一を摘出《てきしゅつ》して治ったように見えたが、すでに転移していた。進行していくがんを追いかけるように治療をつづける母を支え、父に治療費を請求する。それだけで、わたしの中学生生活は過ぎていった。どれだけ言っても父は母のお見舞いに来なくて、家にも帰ってこなかった。母の入院中、わたしは家に一人でいた。たまに、母の方の祖母が来てくれただけだ。「寂しい」と言ったところで、父には伝わらない。

二年間の闘病《とうびょう》の末、夏の終わりに、母は亡くなった。

お通夜で、久しぶりに父と会った。

喪主《もしゅ》として、父があいさつをしているのを見ながら、「あいつが死ねばよかったのに」と、考えていた。

嫌いとか憎んでいるとかではなくて、父のことは、知らないおじさんにしか見えなかった。それでも親子なので、母に関することで何かあれば、連絡を取らなくてはいけない。祖母かわたしが喪主をやるべきで、父は邪魔でしかなかった。

次に父と会ったのは、母の四十九日の時だ。それから中学校を卒業するまで、一度も会わなかった。最低限の生活費だけは、振り込まれた。二階建ての一軒家に、わたしは一人で暮らした。友達が遊びにくることはあったが、真面目な子ばかりで、たまり場にはならなかった。不良になるような度胸もなかったし、そういう感じの友達もいない。母のために、一人でも、ちゃんと生きていこうと決めた。

子供の頃は、兄弟や姉妹が欲しかったし、父に帰ってきてほしいと思ったこともあった。でも、母との生活は楽しかったので、どうしようもないほど不満を感じることはなかった。父がいないことでわたしに寂しい思いをさせてはいけないと考えたのか、母はいつも一緒にいてくれて、二人で色々なところへ出かけた。あまりお金をかけないようにしていたみたいで、動物園や植物園に行くことが多かった。広い公園に行き、二人で作ったお弁当を食べることもあった。わたしが高校生や大学生になったら、もっと違うところに行ったり、恋愛の相談をしたりできたんじゃないかと思う。温泉に行って、お酒を飲んだりしたかった。

わたしのために生きてくれた母を裏切ってはいけないと思い、勉強も頑張り、高校に合格した。

あと三年間、この家で一人で暮らし、高校を卒業したら東京に出よう。そう決めていた。

しかし、その決意は、入学式の一週間前に無駄なものになった。

家族が増えたのだ。

その日から、知らない女の人がわたしの新しいお母さんになり、春から小学生になる勇気という男の子がわたしの弟になった。

子連れ再婚とは、少し違う。

勇気は、父の子だ。

つまり、新しいお母さんは父の元愛人であり、勇気はわたしの腹違いの弟になる。

全然帰ってこないのだから、他に家があるのだろうとは思っていたが、弟がいるなんて考えもしなかった。

一人で暮らしていた家に、突然やってきた新しいお母さんは、わたしが友達の家に遊びにいっている間に、台所やダイニングや洗面所にあった母のものを勝手に捨てた。そして、自分の選んだものを並べた。母のものが残っていないか探すわたしを気にせず、父はリビングのソファーに座り、『アンパンマンのマーチ』を大声で歌う勇気の後ろ姿を笑顔で見つめていた。「忙しい。金ならば、どうにかする」としか言わなかった父は、新しいお母さんと勇気がうちに来た時から、帰ってくるようになった。

こんなことになるならば寮のある高校に入ったのに、と考えたところで、もう遅い。前妻の死によって、やっと結婚できた新婚夫婦とその息子という知らない家族と同居している気分だった。父は、新しいお母さんと勇気と三人でよく食事に行ったり、遊園地に行ったりした。そこにわたしが誘われることはない。三人ともいないと思っていたら、一週間のハワイ旅行に行っていたこともある。借金があるのに、ハワイへ行くお金を出せるというのは、どういうことなのかよくわからない。ローンとかそういうことで、ホームレスになったわたしの「お金がない」とは、種類が違うのだろう。

新しいお母さんは、わたしの母ではないし、向こうも母と娘になることを望んでいなかった。過剰《かじょう》に反発したところで父が相手にしてくれないことはわかっていたので、新しいお母さんという存在として彼女が家にいることを認めた。しかし、「お母さん」と呼ぶ気にはなれず、名前でも呼びたくなかった。どうしても声をかけなくてはいけない時は、「あの」とか「その」とか言い、呼ばなくていいようにした。向こうは、わたしを「愛ちゃん」と呼んだ。家事は全てやってくれたので、家政婦さんぐらいに考えていた。父は、それでいいと思っていたのか、何も気にしていなかったのか、「お母さんともっと仲良くしなさい」と言われることもなかった。勇気は、わたしとの関係をよく理解できていなかったみたいで、「お姉ちゃん」と呼んで、飛びついてきたりした。小学校低学年の子供をいじめる気になれず、たまに遊んでやった。

高校三年生の夏、母の命日に、卒業後のことを父に話した。

大学に進みたい、東京へ行きたいと伝えた後は、金銭の交渉だ。学費と家賃だけ払ってもらえることになった。イタリアンレストランがすでに傾きはじめていたので、「生活費の仕送りは無理だ。必要ないのに東京へ行くのだから、自分でなんとかしろ」と、言われた。

無事に東京の大学に合格して、卒業式の翌日に家を出た。

わたしと母が二人で楽しく暮らしていた家は、父と新しいお母さんと勇気が騒がしく暮らす家になった。邪魔者がいなくなるので、新しいお母さんは、笑顔でわたしを見送ってくれた。その瞬間から、彼女は、わたしとは関係のない女の人になった。

　大学生の頃は、友達と会うために何度か静岡に帰り、実家にも寄った。距離があけば、父がわたしを気にしてくれるんじゃないかという期待があった。しかし、前以上にわたしの居場所がなくなっていた。小学校高学年になった勇気は、わたしを「知らない女の人がいる」という目で見た。その目は、わたしを見る父と似ていた。そして、よく似た目つきで、わたしも父を見ていたのだろう。そのうちに、わたしは静岡に帰っても、実家に近寄りもしなくなった。

　大学四年生の終わりに「三月までは学生なので、来月分の家賃をさっさと振り込んでください」と、父に電話で請求して以来、連絡を取っていない。電話しているのを横で聞いていた彼氏に、親に対して敬語で話していることを驚かれた。

　祖母も、わたしが大学三年生だった冬に亡くなった。

　父方の祖父母については何も聞いていないが、頼れる人たちではないし、年齢的に死んでいるんじゃないかと思う。

　小学生だった勇気は、順調に進学していれば、高校二年生になったはずだ。どこの高校に通っているのかも、どんな姿になったのかも、知らない。たとえどこかですれ違ったとしても、お互いに気づかないだろう。父のことさえ、わからない気がしている。

　わたしは、父が嫌いだからとか、怒られるからとか考えて、連絡しないようにしていたわけではない。

連絡したところで、あの父があっさりお金を貸してくれるとは考えられない。わたしのことを娘だなんて、考えてもいないだろう。父は、わたしが産まれた時、息子が欲しかったらしい。それどころか、娘なんかいらないと考えていたようだ。大きく育っていく姿を見ても、娘であるわたしを自分でつけた名前の通りに愛することはできなかった。「男だったら、キャンプや釣りに連れていけた」と、小学校高学年になるくらいまで、何度も言われた。わたしは、どうしたらいいかわからず、笑っていた。勇気だけが、父の子供だ。勇気が大学に進むならば、これからまだお金がかかる。

わたしもわたしで、父を愛していないし、親とも思っていない。

お金が必要な時に電話をかけるだけで、それ以外に父を頼ることはなかった。頼ったところで無視されるとわかっている。

雨宮が連絡して「愛さんが行方不明になっています」と言っても、父はわたしを捜したりなんてしない。会えば、お金を請求されると考えるだけだろう。父が娘を心配しないはずがない、と偽善的なことを考えるだけ無駄だ。一度も電話をかけてこないことがそれを証明している。

実家まで行き、土下座でもすれば、いくらか貸してもらえるかもしれない。

でも、絶対に頭を下げたくないし、会いたくもない。

父に頼りたくないから、正社員になり、自立することを望んで生きてきた。

お金がなくなったとしても、静岡に帰るという選択肢だけは、選ばない。

東京で、自分一人で、どうにかする。

しかし、どうしたらいいのだろう。

日雇いバイトは精神的にも体力的にも辛いし、茶飯で稼げる額は減ってきている。ワリキリしかないのだろうか。身体を売るくらいならば、臓器《ぞうき》を売る方がマシに思える。だが、そう考えても、どこで臓器を買い取ってもらえるのだろう。高校生の時、通学路に「臓器、買います」と書いた紙が貼ってあったのだけれど、東京に来てからは見たこともない。ネットで調べたら、闇サイトとか出てきそうだ。

そんな危ないことよりも、生活保護とかを頼った方がいい。けれど、わたしみたいに、元気で働ける人がもらえるものではない。不正受給と言われるだろう。

考えれば考えるほど、気持ちは沈んでいき、暗いところへ落ちていく。

個室から出てドリンクコーナーに行き、オレンジジュースを入れる。

マユが使っていた個室には、違う誰かがいるようだ。男物のスニーカーが置いてある。

思った通りに、マユからメッセージは送られてこないし、電話もかかってこない。

こういう予感は、あたるんだ。

今日は、雨宮からも連絡はない。

0円の野菜スープ

いなくなって一週間が経つが、マユから連絡はないままだ。

公園に行き、炊き出しの列に一人で並ぶ。

今日は、野菜スープをもらえる。

わたし以外に並んでいるのは、公園に住みついているおじさんばかりだ。前に来た時、マユに紹介されて顔見知りになったボランティアスタッフがいるから、わたしがホームレスであることはわかってもらえる。そうではなくても、野菜スープをもらう権利はある。しかし、おじさんたちに睨まれているように感じた。

女の子はわたしだけだから物珍しさで見ているのだろうと思っても、怖い。

足元を見つめ、誰とも目を合わせないようにする。

前に来た時も同じように、見られていると感じることはあった。でも、マユが一緒にいたから、気にならなかった。もしも何か言われても、二人でいれば大丈夫と思えた。

順番が来て、野菜スープをもらう。

三月になり、少しだけ暖かくなったように感じるが、陽はまだ短い。

もうすぐ暗くなるので、公園のベンチで食べずに、デパートの屋上とかに行った方がいいだろう。

こぼさないように、スープが入った発泡《はっぽう》スチロール製のお椀《わん》を両手で持ち、公園を出る。

「あの、すいません」

後ろから声をかけられて振り返ると、ボランティアスタッフの女の子がいた。

「わたし、ですか？」

「はい」

「えっと、あの、わたし、本当にホームレスなんです。公園で一人で食べるのは怖いから、違うところに行こうと思っただけで。ホームレスのおじさんたちを悪い人だと思っているわけじゃないんです。でも、男性がたくさんいるところに女性一人でいるのは、怖いじゃないですか」

「大丈夫ですよ」わたしの目を見て、微笑む。

まっすぐに見られたことに緊張して、わたしは目を逸らしてしまう。

ホームレスのおじさんたちに見られた時以上に、強い恐怖を感じた。

「わたし、仁藤《にとう》と言います。大学院で社会学の勉強をしているんです」

「はい」

「もしよろしければ、少しだけお話を聞かせてもらえませんか？　取材させてください」

「えっ？」

「スープ冷めちゃうんで、公園に戻りましょう。わたしがいるから一人ではないですよ」

「……はい」

仁藤さんと並んで歩き、公園に戻る。

彼女はわたしより年下に見えるので、大学院の修士課程なのだろう。

あいているベンチに並んで座る。

おじさんたちは、スープをもらった後で、それぞれの場所に戻ったようだ。公園の奥に、段ボール箱や青いビニールシートで作った家が並んでいる。ボランティアスタッフと話している人も、何人かいた。若そうな男性だから、今後について相談しているのかもしれない。

「取材って、なんですか？」わたしから仁藤さんに聞く。

「スープ食べながらでいいですよ」

「はい」ぬるくなってしまったコンソメスープを飲み、プラスチック製のフォークでにんじんを食べる。

「改めて説明しますね」

「お願いします」

「わたしは現在、大学院で社会学の研究室に所属しています。博士《はくし》課程の二年目です」

博士なんですか？　若く見えるから、まだ修士だと思いました」

「お化粧していないから、子供っぽく見えるんですよね。二十六歳です」

わたしやマユと同い年だが、とてもそうは見えなかった。

お化粧していないからという問題ではない。

ショートカットの黒髪はツヤツヤしているし、肌は白くてなめらかだ。近づいて見ても、ファンデーションを塗っている形跡はないので、本当に全くお化粧していないのだろう。短く切り揃えた爪に薄いピンク色のマニキュアを塗《ぬ》っているだけなのに、ネイルアートを施した手よりも美しく見える。指が細くて、手自体がキレイだからだと思う。グレーのパーカにジーンズという服装でも、すごくかわいい。童顔というわけではないけれど、若々しい感じがする。

だが、彼女が若いわけではないのかもしれない。

わたしは、キレイな服を着ているつもりだったが、全然だ。コインランドリー代を節約して、漫画喫茶のシャワー室で手洗いした服は、袖口《そでぐち》や裾《すそ》がほつれている。スーツケースに入る分だけの服なので、三パターンくらいしかない。コートは、冬の間に一度も洗わなかった。髪は、アパートを出る前からずっと切っていなくて、伸びっぱなしだ。前髪だけは自分で切り、短くしすぎた。肌はどうしようもないくらい、荒れている。顔だけではなくて、腕や足からも、なめらかさは失われた。

スープのお椀とフォークを持つ手は、乾燥して、皺が増え、祖母を思い出すくらい老けた。

マユも同じ感じだったから、これが普通だと思っていた。

しかし、違う。

二十三歳なんていう嘘は、とっくに通じなくなっている。

貧しさがわたしたちを老けさせたんだ。

二ヵ月と少し前、わたしの肌も髪も手も、もっとキレイだった。

文房具メーカーの派遣期間が終わってハローワークに行くようになった頃から、会う人に対して、この人はわたしと同い年くらいだろう、年上だろう、年下だろうと考えることがクセのようになった。自分より年上でも仕事につけていない人がいるから大丈夫、自分より年下なのにちゃんと仕事をしているなんて焦る、同い年で同じような雰囲気だから共感できる、そうやって他人と比較して自分の状況を確かめていた。

でも、それはどれも、間違っていたのかもしれない。

日雇いバイトの倉庫で会った彼女たちは年上に見えたが、わたしとそんなに変わらなかったのかもしれない。事務作業に行ったオフィスにいた人たちは、すごく若く見えたけれど、わたしより年上だったのかもしれない。ハローワークにいた人たちは、いくつだったのだろう。出会い喫茶にいる女の子たちは、本当はいくつなのだろう。

「お名前、教えてもらっていいですか？」仁藤さんが聞いてくる。

「水越です」

「水越さんは、いつからホームレスになったんですか？」

「あの、なんの取材なんですか？」

「あっ、そうですね。説明が途中でした」

多分、わたしは今、怯えたような顔をしているだろう。仁藤さんにとって印象のいい表情はしていないはずだ。しかし、仁藤さんは笑顔で話しつづける。

大学のボランティアサークルにも、こういう人がいた。いつも笑顔で、誰にでも優しくて、子供が大好きで、貧しい国に小学校を建てることを目標にしているような人たちだ。常に嘘をついているようにしか見えなくて、わたしは彼らや彼女たちが苦手だった。

「わたしの研究テーマは、貧困なんです」仁藤さんが話す。「日本は裕福な国に見えます。景気も良くなってきています。しかし、失業者やホームレスは今もこうして、存在するわけです。わたしは、学部生の頃からボランティア活動の一環として、ホームレスの男性たちに話を聞いてきました。最初は、彼らについて調べていたんです。でも、調べるうちに、水越さんのようなホームレスの女性とも出会うようになりました。彼女たちの状況は、男性とは少し違います。日本という国の裕福さが彼女たちをホームレスにしている気がしたんです」

「わたし、身体は売ってませんよ」

「いえ、そういうことではなくて」

「どういうことですか？」

お金を払う男がいるから、それで生活する女がいると言いたいのではないだろうか。

「水越さん、今は、どこで生活しているんですか？」

「漫画喫茶です」

「そういうことです」

「いや、全然、わかんないです」

「深夜でも、女性が安全に過ごせる場所があるんですよね。治安の悪い国、貧しい国であれば、夜になったら女性は一人で出歩くのも危険です」

「ああ、なるほど。それは、確かにそうですね」

危ないと感じることが全くないわけではないけれど、犯罪には巻きこまれずに暮らせている。

「水越さんがどうということではなくても、身体を売って暮らしている女性がいることも、事実です」

「この取材を受けたら、何かいいことはありますか？」

「社会貢献《こうけん》になります」

「……社会貢献？」

「水越さんの話が誰かの役に立ち、世界を動かすんです」

「はあ、そうですか」野菜スープを飲み終える。

さすが、社会に出たこともないのに社会学の勉強をしている人は、言うことが壮大だ。

自分の研究がたくさんの人を救える、と仁藤さんは信じている。

貧しい家庭で育った女の子を主人公とした『家なき子』というドラマがある。ちゃんと見たことはないけれど、名シーン特集みたいな番組で、一部だけ見た。主人公が決めゼリフのように「同情するなら、金をくれ！」と言う。今、その気分だ。

社会貢献なんてしている暇はない。

とにかく明日、明後日と生きていけるお金が必要なんだ。この生活から抜け出せるお金が欲しいんだ。生活できるだけのお金が手に入れば充分なんだ。

謝礼がいくらか出るならば、取材を受けてもいいけれど、そんなことを聞ける空気ではなかった。

「でも、こんな風に言っていても、博士になったところで、就職先なんてないんですよね。このままだったら、院を出た後は、わたしもホームレスかもしれません」

共感を求めているのか、仁藤さんは笑顔でわたしを見る。

「仁藤さん、院の学費や生活費は、誰に出してもらっているんですか？」

「父ですよ」おかしな質問をされたと感じたのか、驚いた顔で答える。「実家暮らしなんで、生活費っていう感じではないですね。食事とかは、母に甘えっぱなしです」

彼女がホームレスになることはないだろう。

二十代半ばになった娘が好きなことをするためにお金を出して支えてくれるご両親がいて、それを当然のことだと仁藤さんは考えている。

「ごめんなさい。取材には協力できません。ホームレスはホームレスなりにやることがあって、忙しいんです。明日も生きていくために、どうにかしてお金を稼がなくてはいけません」

「食事ぐらいだったら、わたしが奢ります」

「結構です」

一瞬だけ惹《ひ》かれてしまったが、受けるべきではない。

ご両親のお金だからという倫理的なことは、どうでもいい。

彼女といたら、自分との違いを延々と見せつけられることになる。

「わたし、毎週ここに来ているので、良ければまたお話しさせてください」

「すいません」スープが入っていたお椀を持ち、ベンチから立つ。

「捨てておきます」

「お願いします」カラのお椀を渡す。

「また来てくださいね」

「失礼します」頭を下げる。

「何かあれば、相談に乗ります」

返事はせず、仁藤さんの顔を見ないようにして、公園から出る。

もうここには、来られない。

他の炊き出しに行くのもやめよう。

どこに行っても、彼女のような人がいる。

†

漫画喫茶で眠り、今日もまた出会い喫茶に来た。

ここにいれば、指名が入らなくても、お菓子を食べられてジュースを飲める。

鏡の向こう側にいる男性のことは気にせず、お菓子を食べつづける。スナック菓子に飽きたので、チョコレートを開ける。お昼ごはんは、これで済ませる。

「愛ちゃん、お願いします」店員が入ってくる。

「はい」食べかけのチョコレートを口に突っこみ、鏡の向こう側に出る。

タイマーと自己紹介カードを店員からもらい、指示された席へ行く。

「こんにちは」カーテンを開けて、中に入る。

「こんにちは」

二十代半ばくらいの男の子が座っていた。前にも会ったことがある気がするけれど、思い出せない。

「失礼します」男の子の隣に座る。

「あの、僕のこと、憶えていますか？」

「えっと、前にも、いらっしゃってますよね？」

「はい！」嬉しそうにうなずく。「一ヵ月くらい前にカラオケに行ったんですけど」

「ああ、憶えてます。憶えてます」

初めてここに来た日、一緒にカラオケに行った歌のうまい男の子だ。忘れるはずがないくらい印象的だったのだが、たくさんの男性と接するうちに、記憶の奥の方へ押しこまれてしまった。

一ヵ月しか経っていないのに、何年も前のことのように感じる。

「またカラオケ行きますか？」

「あの、えっと」下を向き、彼は膝の上に揃えた両手を見る。「今日は、カラオケじゃなくて」

二十代半ばに見えても、彼が実際にいくつかはわからない。でも、十代や三十代ではないと思う。二十代前半で大学生ということはあるかもしれないし、二十代後半で社会人ということもあるかもしれない。どちらにしても、女性経験は少なそうだ。

前回はとりあえず、様子見という感じだったのだろう。カラオケが好きとか話していたが、嘘だったのかもしれない。

「じゃなくて、なんですか？」言いたいことはわかっているが、わたしから聞く。

「いくら出せばいいですか？」

「何にですか？」

「ちょっと多めに出せます。手や口だけでもいいんです。ホテル代も払います」

「ごめんなさい。他の人を指名してもらえますか？　カラオケや食事ならば、付き合います」

　ホテルに行ってもいいかな、と少しだけ考えてしまった。

　見た目は悪くないし、下を向いている姿はかわいく見える。ここではなくて、職場の同僚として出会ったりしていたら、友達になれただろう。出会い喫茶に行ってみたという彼の話を、わたしは笑いながら聞く。でも、ここで出会ってしまったから、友達にはなれない。お互いの顔は知っていても、永遠に他人のままだ。

「あっ、すいません。でも、愛ちゃんがいいんです」顔を上げて、彼はわたしの目を見る。

「ごめんなさい」

「愛ちゃんが良くて、お金を貯めてきたんです」

「じゃあ、カラオケに行きましょう」

「……それは、ちょっと」また下を向く。

　落ちこんでいる顔が演技に思えてしまう。

　そんなことをする子には見えないけれど、ホテルへ行くための駆《か》け引《ひ》きという可能性はある。慣れていないように見せているだけで、他の店でも同じことをしているのかもしれない。

「どうします？　時間いっぱい、話しますか？　それとも、他の女の子を指名し直しますか？」

「指名し直します」小さな声で言う。

「失礼します」

ソファーから立って、外へ出る。店員に、タイマーと自己紹介カードを返す。

「一周しちゃった感じだな」店員が言う。

「何がですか？」

「お客さん、一周しちゃったんだよ。茶飯だけで、二回も三回も金払ってくれる男はいないから。恋愛だって、身体の関係なしのデートは、最初の何回かだけだろ」

彼はいつも、上から目線でわたしに話すが、年下ではないかと思う。若い男の子に人気があるブランドの指輪やブレスレットをつけている。ここでの稼ぎはそんなにないはずだから、女に養ってもらっているのだろう。

「茶飯しかやらないんだったら、マユみたいにうまくやって、適当なところで別の店に行くとかしないと」

「マユ、別の店に行ったんですか？」

「さあ」首をかしげる。「でも、あいつに普通の仕事はできないから、別の店か男のところじゃないの」

「マユは奨学金返すためにホームレスになっただけで、元は派遣で事務やってたんですよ」

「あいつに事務なんてできねえよ。奨学金は本当らしいけど、返す気もないだろ」

「どういうことですか？」

「頭はいいんだろうけど、バカなんだよな」

「えっ？」

「その場、その場で相手に合わせて適当に嘘をつくのはうまくても、計算できてないんだよ。合わせられなくなったら、逃げる。金の計算なんて、全然できないから、奨学金をあといくら返せばいいかもわかってねえよ。そのくせ、男ができるとすぐ貢《みつ》ぐみたいだし」

「へえ」なぜか、笑いそうになってしまった。

鏡の中に戻り、ソファーに座る。

最初に会った時、マユはわたしが話したことの全てに同意して、年齢も状況も同じだと共感した。

あれは、嘘だったのかもしれない。

カラオケに行ったおじいちゃんは、嘘なんてついていなかった。

嘘をついたのは、マユだ。

おじいちゃんの行動は、彼女の計算通りだったのだろう。でも、わたしの行動は、彼女の計算ミスだった。それで、面倒くさくなった。

名前だって、本当に「マユ」だったのだろうか。マユは、一度も苗字《みょうじ》を言わなかった。

フルネームどころか、「マユ」を漢字でどう書くかも知らない。

彼女は、炊き出しのボランティアスタッフとも、漫画喫茶の受付の男の子たちとも、出会い喫茶の店員とも、親しくしていた。いつも笑顔で、友達感覚で話しているように見せながらも、媚《こ》びるごとがとてもうまかった。身体は売っていないと言っていたけれど、それも嘘に思えてくる。出会い喫茶でワリキリはやっていないとしても、漫画喫茶の受付の男の子たちと寝ているのではないかと感じたことがあった。彼らは、彼女の言うことをなんでも聞いた。都内の漫画喫茶でインターネットを使う場合、身分証明書の確認が条例で義務付けられている。受付の男の子たちも、「マユ」と呼んでいたから本名のはずだが、身分証明書がなくても利用できるように、うまくやっていたのかもしれない。

全ては想像でしかないし、マユはわたしに親切にしてくれたのだから疑ってはいけない。

奨学金返済のために貧困に陥《おちい》るということは、社会問題になっているらしい。ニュースサイトで話題になっていて、漫画喫茶のパソコンで記事を読んだ。大学を卒業して就職したものの、給料は安くて、何百万円という借金を返せなくなる人がいる。そのため、結婚もできず、将来の展望を描くこともできない。マユも最初は、わたしに話したように、奨学金返済のためにホームレスになったのかもしれない。そこから徐々に生活が破綻《たん》していったとも考えられる。

彼女はいなくなったのだし、何が真実なのかは、確かめようもないことだ。

「ああ、愛ちゃん、来てたんだあ」サチさんが鏡の中に入ってくる。

「こんにちは」

「隣、いい？」

「どうぞ。外出してたんですか？」

「お昼ごはんも食べてきた」短いスカートなのに、気にせずに座る。

初めはいらついてしまったサチさんの喋り方にも、慣れてきた。マユがいなくなってからは、話し相手が他にいないので、サチさんとよく喋るようになった。

「何、食べたんですか？」

「えっとねえ、なんだっけ」そう言って、笑う。

ここにいても染まることがなくて、サチさんの笑顔は天使のようだ。

男性は、この笑顔を見ながらごはんを食べられるだけでも、お金を払う価値はあると感じるだろう。

茶飯だけでやっていくならば、わたしももっとかわいくならなくてはいけない。ここにいる女の子の中には、商売として考えてワリキリをやり、月に何十万円も稼ぐ子がいる。彼女たちは、髪形も服装も、男性に好かれるように考えている。マユみたいに、うまくやることがここでの正しい生き方だ。

しかし、そのためにお金を使ってしまうのは、本末転倒という気がする。だが、商売と考えたら、ある程度出さなければ、お金は入ってこなくなる。父が借金しても次から次に店を出していたのは、そういうことだと思う。

「ああっ、おうどんだ！　きつねうどん」サチさんが言う。

「シネコンの裏のうどん屋ですか？」お洒落で、値段も高いうどん屋がある。

「シネコン？」首をかしげ、わたしを見る。

「映画館です」

「そう、そこ、大好きなの」

「いいですね。わたしも食べたい」

「男の人に交渉すればいいよ。本番やってもいいからとか」

「えっ！　サチさん、ワリキリやってんですか？」

「愛ちゃんも、やってるでしょ」

「いや、わたしは茶飯だけです」

「そうなんだあ。わたしは、それだけじゃ指名もらえないから。チビだし、ブスだし、太ってるし」

「そんなことないですよ」

「うーん、生活費稼がないといけないしなあ」

「ああ、そうですよね。お子さん、いるんですもんね」

ぼんやりしているように見えて、サチさんはサチさんの事情を抱えている。子供を育てることを考えたら、茶飯だけというわけにはいかないのだろう。でも、子供がいるからこそ、ワリキリはやっていないと思っていた。本番行為と引き換えに、うどんを奢ってもらうなんて、母親のやることとは考えられない。

「愛ちゃん、今日も漫画喫茶に泊まるの？」

「はい、他に行く場所ありませんから」

「彼氏は？」

「いません」

お金がなくても、彼氏ができれば、ホームレスから脱せられるということをすっかり忘れていた。ここの店員でも、漫画喫茶の受付の男の子たちでも、誰でもいいから付き合えば、部屋に泊めてもらえる。生活費だって、男に貢いでもらえばいい。けれど、そういうことをうまくやれる技術がわたしにはないし、どうすれば彼氏ができるのかもわからなくなってきている。まあまあもてたはずなのに、恋愛とは無縁になったように感じる。

「うちに泊まりにくる？」サチさんが言う。

「えっ？　いいんですか？」

「明日、日曜日だし、お泊まり会やろうよ」

「是非、お邪魔させてください」

「夕ごはん、一緒に食べようね」

笑いながら言うサチさんは、光に包まれているように見える。

本物の天使なのかもしれない。

彼氏は難しくても、泊めてと頼める友達をここで作ればいい。


土曜日だから子供たちが家で待っているというので、いつもより早く出会い喫茶を出ることにした。

ソファーに座っている時も小さい人だと感じたが、並んで歩くと、サチさんが子供のように思えた。わたしだって平均身長くらいで大きい方ではないのに、肩の横ぐらいにサチさんの頭がある。歩くのもゆっくりなので、歩幅を合わせるようにする。

マユとは身長も同じくらいだったので、歩く速さも合った。話すテンポも好きなものも嫌いなものも似ていた。全部が嘘だったとしてもいいから、いなくならないでほしかった。今からでも戻ってきて、笑いながら「出会い喫茶の店員に騙されないようにしなきゃ駄目だよ」と言ってほしいが、無理な願いなのだろう。

まだ明るい時間なのに、夜の仕事という感じの人ばかりだ。

コンビニやシネコンの入口の前には十代の女の子たちがいて、ぼんやりした目でスマホを見ている。

出会い喫茶は法律や条例に対してグレーゾーンでも、十代の女の子に客を紹介したりはしない。そこら辺の危険性は考えているのだろう。

まだ十代だからこそ、彼女たちは自分で自分を売らなくてはいけない。

「あっ、ナギちゃんだあ」サチさんはシネコンの入口の前にいる女の子に手を振る。

そこによくいる女の子だ。

初めて見た時より痩せた感じがする。だが、色の白さも黒髪の美しさも、健在だ。妖艶《ようえん》というのか、吸いこまれそうな微笑みで、彼女はサチさんに手を振り返す。

長くて真っすぐの黒髪が風に舞う。

「ナギちゃん、ナギちゃん」子供みたいに駆け出して、サチさんは彼女のところへ行く。

わたしも追いかける。

「こんにちは」彼女が言う。

「お友達の愛ちゃんだよ」サチさんは、彼女にわたしを紹介する。

「こんにちは」わたしが言う。

「ナギです」ナギは、わたしを見て、微笑む。

身長はわたしより高いのに、顔はわたしよりも一回り小さい。近づいてみても、毛穴が見えないくらい、肌はきめ細かい。

雰囲気は大人っぽくても、十代半ばにしか見えない。

ナギというのは、本名ではないのだろう。

変わった名前だと感じるが、アニメや漫画のキャラクターからとったのではないかと思う。

「これから、愛ちゃんがうちに泊まりにくるんだよ。ナギちゃんもおいで」

「わたしは、約束があるから」首を横に振る。

「そう」寂しそうにして、サチさんはナギの顔を見上げる。「ごはんだけでも、一緒に食べられない？　うちの子たちと一緒に食べようよ」

「ごめんなさい」

「残念だねえ」

親切心で、サチさんはナギを誘っているのかと思ったのだけれど、違うようだ。わがままを言う小さな子供にしか見えなかった。何も考えていなくて、ただナギと遊びたいから、誘っただけなのだろう。

何か言った方がいいか迷ったが、二人のやりとりを黙って見ていることにした。

あまりにも美しくて、ナギに近づくのは危ない感じがする。

近くに立つだけでも、彼女からは何人もの男のにおいがした。それなのに、男となんか話したこともないような顔をして、世界を見ている。

一人で立っている女の子は、他にも何人かいるが、ここにいる時間が長くなるうちに友達になったりするようだ。わたしだって、最初にここに来た時は一人だったけれど、マユやサチさんと話すようになったし、漫画喫茶の受付や出会い喫茶の店員という知り合いができた。

だが、ナギはいつも一人だ。

彼女に話しかけるのは、サチさんのように、何も考えていない人だけだろう。

「子供たち、待ってるんじゃないんですか？」話しているサチさんに、わたしは声をかける。

「ああ、そうだった。じゃあね、ナギちゃん」

サチさんが手を振ると、ナギは少しだけ寂しそうにする。

「またね」わたしも、ナギに手を振る。

「また」ナギは小さな声でそう言った。

並んで歩き、わたしとサチさんは、彼女から離れる。

しばらく歩いてから振り返ると、行きから人々の向こうに、男性と話すナギの姿が見えた。

男性の顔はよく見えないけれど、背が高くて、グレーのスーツを着ている。

夜を待たず、ナギはあの男に抱かれる。


汚いのか、キレイなのか、よくわからない部屋だ。

玄関から入ってすぐ左手が台所とダイニングになっている。右手のドアを開けると、お風呂とトイレが一緒になったユニットバスがあるのだろう。奥の部屋は、畳敷きの六畳間だ。１ＤＫの基本的な間取りと言っていいと思う。一階なので、奥の部屋のガラス戸を開けると、狭い庭に出られる。

ミニマリストなのかと思えるくらい、家具は少ない。台所には冷蔵庫や電子レンジや炊飯器といった最低限の家電が揃っていて、ダイニングにはテーブルと椅子が並んでいる。だが、奥の部屋には、小さなテレビを置いたカラーボックスが一つあるだけだ。絵本やおもちゃを片付けるためのカラーボックスではないかと思われるが、そこに入れるべきものは部屋中に散乱している。掛け布団も枕も全てを巻きこむようにして二つにたたんで、重ねただけの寝具が端に寄せられていて、その上には洗濯ものなのか脱いだままなのかわからない服が積んである。

台所も、なかなか酷《ひど》いことになっている。流しでは、崩れないのが不思議なくらい、洗いものが山を作っていた。使いこまれた感じの鍋がコンロに置いてあるけれど、洗っていないだけなのだろう。ダイニングテーブルには、シールがたくさん貼られていて、その上にクレヨンや色鉛筆が転がっている。椅子には、使い古されたような黒いランドセルがかけてあった。

見れば見るほど、汚部屋《おべや》という印象になってくる。

「おかえりなさい」奥の部屋で遊んでいた男の子と女の子が玄関に駆けてくる。

男の子の方が大きいから、お兄ちゃんと妹なのだろう。お兄ちゃんは、もうすぐ小学校三年生になるはずだ。しかし、とても小さくて、細い。小さい方だとサチさんも言っていたけれど、小さすぎるのではないだろうか。四月から小学生になると言われても、信じられるくらいだ。弟の勇気だって、平均身長より低くて、背の順では前の方だと言っていたが、もっと大きかったと思う。

「ただいま。愛ちゃんです」サチさんは、子供たちにわたしを紹介する。

「こんにちは」二人は並んで立ち、小さく頭を下げる。

「こんにちは」

「ルキアとキララです」わたしに向かって、サチさんは言う。

「……えっ？」

「こっちがお兄ちゃんのルキア。こっちが妹のキララ」

「……ルキア君とキララちゃん」

お手本のようなキラキラネームで、反応に困ってしまう。二人ともサチさんとよく似ていて、名前に負けない光り輝く笑顔でわたしを見ている。

「愛ちゃんは、うちにお泊まりするんだよ。仲良くできるかな？」

「はあい」

サチさんに聞かれて、ルキア君とキララちゃんは元気に返事をする。

「どうぞ、あがって」サチさんが言う。

「お邪魔します。スーツケース、どこに置けばいいですか？」

「奥」

「そのまま上げちゃっても平気？」

「ん？」首をかしげて、わたしを見る。

「外を引きずってきて、汚れてるから」

「ああ、気にしなくていいよ」

「はあい」ブーツを脱ぎ、部屋に上がらせてもらう。

ルキア君もキララちゃんも、身体だけではなくて、足も小さいようだ。子供用の水色のスニーカーとピンク色のスリッポンが狭い玄関でバラバラになってひっくり返っていたので、自分のブーツと一緒に揃えて並べる。スニーカーもスリッポンも破けているところがあり、かかとが潰れている。もうこのサイズのものはきついのに、無理して履いているのかもしれない。子供というのは、気に入ると手放さなくなる。わたしも、小学校低学年の頃に、母が買ってくれたピンク色の傘を骨が曲がっても、使いつづけていただが、これは、そういうことではないのだろう。

奥の部屋の隅に、スーツケースを置く。

玄関からは見えなかった位置に押入れがあった。ふすまは何ヵ所も破れていて、その隙間からうっすらと中が見える。それだけでも、開けない方がいいと感じるくらい、ものが詰めこまれているのがわかった。

そして、この家にお父さんはいないようだ。

大人の男の人が住んでいると感じられるものは、一つも見当たらない。

「遊んで」キララちゃんはうさぎのぬいぐるみを抱いて、わたしの横に立つ。

「ちょっと待ってね」コートを脱ぎ、スーツケースの上に置く。

「ぼくも！」ルキア君は、右手のないロボットを持っている。

「先にトイレに入らせてね」

ユニットバスの方に行くわたしの後ろに、二人はついてくる。

日が暮れてきて、部屋の中にいても、寒く感じる。

それなのに、二人とも薄着だ。

ルキア君は、袖口の擦り切れた長袖のシャツを着てハーフパンツを穿《は》いている。キララちゃんは、ルキア君のシャツとお揃いのワンピースだ。小さな足に履いている靴下には、穴が開いていた。

気がつかなかったことにして、わたしはユニットバスに入る。

トイレの横にある浴槽《よくそう》は汚れている。

惨殺《ざんさつ》されたかのように足や腕をもがれた人形が、浴槽の底に転がっているけれど、お風呂用のおもちゃではないだろう。

サチさんが夕ごはんに鍋を作ってくれるというので、ルキア君とキララちゃんと遊びながら待つ。

ぬいぐるみやロボットを動かし、二人は大盛り上がりしているが、何を言っているかさっぱりわからないから、適当に笑っておく。

ルキア君もキララちゃんも、サチさんが出会い喫茶に行っている間、学童保育とかに預けられているわけではないようだ。今日だって、家で待っているならば、お父さんやおばあちゃんが一緒なのかと思ったのに、二人きりで待っていた。キララちゃんは、幼稚園や保育園にも行っていないのかもしれない。ルキア君のランドセルはあるのに、幼稚園や保育園用のカバンや制服は、どこにもなさそうだ。まだ子供なので、兄と妹で仲が良くて当然なのかもしれないが、仲が良すぎる感じがする。

小さな子供だから、話していることの意味が理解できないのではなくて、二人にしかわからない言語で話しているみたいだ。この部屋には、ルキア君とキララちゃんにしか見えない世界が広がっていて、二人とおもちゃだけがそこにいる。

わたしは、子供が嫌いなわけではないけれど、あまり得意ではない。目線を合わせて遊ぼうとすると、嘘をついている気分になってくる。

勇気のことは、子供扱いしないようにしていた。遊ぶことはたまにあったが、向こうに合わせたりはしなかった。しつこくねだられて、一緒に『アンパンマンのマーチ』を歌ってあげたぐらいだ。弟としてかわいがったら、家族だと認めたことになる気がした。冷たいお姉ちゃんだったのに、勇気は子供扱いされないことがおもしろかったみたいで、よく笑っていた。

鍋の用意の手伝いでもした方がいいと思って台所を見たら、サチさんは流しの前に立っているだけで、何もしていなかった。手には包丁を持っているけれど、動かない。ルキア君はロボットを置き、台所に行く。冷蔵庫から白菜を出してサチさんに渡し、戻ってくる。サチさんはまな板を出して、白菜を切る。切り終えてから、振り返ってこちらを見る。

「ルキア、次、何したらいいんだっけ？」

「他の野菜も切って」ルキア君は、また台所に戻る。

「他の野菜？」

「ネギとかキノコとか」

「キノコは、野菜じゃないよ」

「鍋に入れるものを切って」

「はあい」

返事をしながらもサチさんは動かないので、ルキア君が冷蔵庫からネギやしめじを出す。サチさんは、それを受け取って、適当に切っていく。一口大とか考えずに切っていることが後ろ姿の動きを見ただけでもわかる。流しに積まれた洗いものから、ルキア君はボール型のザルを見つけ出して軽く洗い、切り終えた野菜を入れる。テーブルの上に転がっているクレヨンや色鉛筆を端に寄せてスペースを作り、ザルを置く。サチさんは、野菜を切り終えた後、包丁を持ったままで、また動かなくなる。包丁を洗って水切りカゴに載せるように、ルキア君が言う。サチさんがちゃんとできているか確認しつつ、ルキア君は流しの下を開けて土鍋を出す。

汚部屋は、子供たちのせいではないようだ。

　サチさんは、料理もまともにできなければ、掃除や洗濯もできないのだろう。ルキア君は、お兄ちゃんとして、頑張っている。でも、小学校低学年で、お母さんがああいう感じでは、限度がある。

「ママ、ここに水入れて」ルキア君は、サチさんに土鍋を渡す。

「その次は？」

「鍋をコンロに置いて、火をつけて」

「はあい」

「火をつけたら、忘れちゃ駄目だからね」

「忘れないよ」サチさんは、笑いながら言う。

　だが、忘れたことがあるのだろう。

　単純に家事ができないということとは、違う感じがする。サチさんは、何か一つをやったら、前にやったことも、次にやることも忘れてしまう。目の前で起きていることしか、憶えていられれない。完全に忘れてしまうわけではないけれど、思い出すまでに、人の何倍も時間がかかる。出会い喫茶で話している時にも、そう感じたことがあった。その時には、ちょっと鈍《どん》くさい人だとしか考えなくて、問題は感じなかった。でも、子供二人を育てるには、危なすぎる。

「ルキア君」わたしも台所に行く。

「何？」

「今日は、お姉ちゃんと一緒にごはん作ろう」

「なんで？」

「いつも忙しいママには、休んでいてもらおう」

「うん！」ルキア君は、笑顔でうなずく。

この子が、こうして素直でいられるのは、あと何年かだけだろう。このまま育ったら、ぐれる。学校に行かなくなり、良くない大人と付き合うようになるかもしれない。自分の状況を理解した上で、お母さんのために頑張りつづけるとしたら、それはそれで残酷なことだ。

「ええっ！　悪いよ」サチさんが言う。「愛ちゃんは、お客さんなんだから、座ってて」

「大丈夫です。わたし、ずっと料理してなかったから、やりたいです」

「いいの？」

「料理得意なんで、任せてください。サチさんは、ゆっくりしていていいですよ」

「キララと遊んでる」サチさんは、奥の部屋へ行く。

「ぼくも、遊びたい」ルキア君が言う。

「お姉ちゃん一人じゃ、作れないな」

「じゃあ、お手伝いする」

「お願いします」

一人で作れるし、子供がいたら足手まといだと感じるけれど、ルキア君に手伝わせた方がいい。料理だけではなくて洗濯や掃除も、できるだけ教えてから帰ろう。そうしないと、ルキア君もキララちゃんも平均よりずっと小さく細いままで、成長できなくなる。サチさんに教えたところで憶えられないだろうし、キララちゃんにはまだ難しい。わたしは小学生の頃に、母から料理を教わった。中学生になって、母が入院した後で、祖母から洗濯や掃除を教えてもらった。ルキア君にも、まだ難しいかもしれないけれど、誰かが教えなくてはいけないことだ。

どんなに残酷だとしても、サチさんが再婚でもしない限り、彼は頑張ることを強いられつづける。一人で悩まないように、手を差し伸べてくれる大人が必要だ。

まずは、火を止める。

何鍋にするつもりだったのかわからないけれど、いきなり土鍋で湯を沸かす前に、やることがある。

冷蔵庫を開ける。

からっぽかもしれないと思いながら開けたが、逆だった。どうやって入れたのかわからないくらい、びっしり詰まっている。賞味期限切れのものが多いけれど、買ってきたばかりと思われる肉や野菜もあった。チルド室とか野菜室とか無視して詰めこまれているので、崩さないように奥に何があるか確かめる。鶏肉も豚肉も、国産の高いものだ。一ヵ月の食費なんて計算しないで、目についたものをカゴに放りこんだのだろう。しかし、それを調理することはできず、腐らせていく。サチさんがもっとしっかりしていれば、ルキア君とキララちゃんの靴や洋服を買える。

　どうするか考えながら、とりあえず冷蔵庫を閉める。レンジの下の棚を開けると、乾物が入っていた。昆布《こんぶ》や鰹節《かつおぶし》も、ちゃんとあった。だが、出汁《だし》の取り方をルキア君に教えるには、早い。トマトを出汁の代わりにする鍋ならば、簡単だし、ルキア君も憶えられるかもしれない。お肉や野菜をたくさん食べられるから、栄養バランスもいい。

「ルキア君、トマトは好き？」

「ぼく、なんでも食べられるよ」

「そうじゃなくて、好きか嫌いか教えて」

「うーん」ルキア君は首をかしげ、考えこむ。

まだ小学校二年生なのに、好きなものを言う権利さえ、奪われてきたのだろう。

「トマトと鶏肉のお鍋にしようかと思うんだけど、どう？　お肉や野菜を食べ終えたら、そこにごはんとチーズを入れるの」

「おいしそう！　食べたい！」

「じゃあ、そうしよう」

「うん！」

「作る前に、ここを片付けましょう！」

「はあい！」

テーブルの上にあったクレヨンや色鉛筆はあき箱に入れて、流しで山を作っている食器や鍋を洗う。

ホームレスになってから初めて、湯船に浸かった。

ルキア君とキララちゃんと一緒に掃除をして、浴槽はキレイになった。先に子供たちとサチさんに入ってもらった。どういう入り方をしたのか、トイレまでビショビショになっていたので、お湯を張り直しながら、更に掃除した。

体育座りでしか入れないような狭い浴槽でも、シャワーだけより何倍も気持ちいい。身体の芯《しん》まで温まっていく。

温かいごはんを食べて、お風呂に入り、布団で眠る。

二ヵ月と少し前まで当たり前だった生活は、夢や幻のようにしか考えられなくなっている。

お湯を抜いて、浴槽の中で髪や身体や顔を洗う。

サチさんに借りたトレーナーを着て短パンを穿き、浴槽の周りを軽く掃除してから、ダイニングに出る。

子供たちは奥の部屋で眠っていて、サチさんは庭で煙草を喫《す》っていた。

「お風呂、ありがとうございます」わたしも庭に出る。

風が吹いているので、ガラス戸を閉める。

夜はまだ寒いけれど、痛く感じるほど冷たい風ではないから、お風呂上がりには心地いいくらいだ。

「ああ、出たんだ」サチさんは、室外機の上に置いた灰皿で、煙草を消す。

「煙草、喫うんですね？」

「やめられなくて。喫う？」

「わたしは、喫わないんで」

「愛ちゃんは、そうだよねえ。煙草も喫わない、ワリキリもやらない。あれもできません、これもできません、わたしは他の人とは違うんです、っていう感じ」

「えっ？」

「なんでもない」笑顔で、首を横に振る。

「はあ」

「中、入ろう」

ガラス戸を開けて部屋に戻るサチさんに、わたしもついていく。眠っている子供たちの足元を通り、ダイニングに行く。

ルキア君とキララちゃんは、一つの布団で眠っている。いつもはルキア君が寝ている布団をわたしが借りるからだ。誰かが泊まりにきた時は、そうしているらしい。カラーボックスしかなくても、布団を三枚敷けるほど広くないので、掛け布団が重なり合っている。

「何か飲む？」サチさんが言う。

「お水ください」ダイニングと奥の部屋の間の障子戸を閉める。

「どうぞ」グラスに水道水を汲んで、テーブルに置く。

「ありがとうございます」

「わたしは、ビールにしよう」冷蔵庫を開けて、サチさんは缶ビールを出す。

向かい合って、椅子に座る。

「キララちゃんって、いくつなんですか？」

一緒にごはんを食べて遊んでも、年齢がわからなかった。

「うーん、今度の誕生日で、五歳」

「春から幼稚園？」

「ええっ！　幼稚園なんて行く必要ないでしょ」

「義務ではないですけど……」

「小学校と中学校だけで充分だって」

「サチさんが出会い喫茶にいる間、いつもはおばあちゃんか誰かが来ているんですか？」

「……おばあちゃん？」サチさんは眉間に皺を寄せ、そんな言葉初めて聞いたかのような顔をする。

「サチさんのお母さんが、子供たちの世話に来たりしないんですか？」

「来るはずないじゃん。うちのお母さんなんて、わたしよりバカで田舎者で、何もできないんだから」

「お父さんは？」

「いないよ。会ったこともない」

「一度も？」

「義理の父親は何人かいたけど、お母さんの彼氏っていうだけで、わたしのお父さんじゃない。お母さんも義理の父親も、バカだし、お金ないし、身体弱いから、もう死んでるかも」

「連絡取ってないんですか？」

「うん」

「そうですか」

「死んでたとしても、どうでもいいなあ」

ビールを飲んでいても、サチさんの口調はいつもと変わらず、のんびりしている。

「ルキア君とキララちゃんのお父さんは？」

「ルキアのパパとはね、結婚してたんだよ」缶ビールを一本飲み干し、冷蔵庫から二本目を出す。「中学と高校の先輩で、彼が地元に帰ってきた時に久しぶりに会って、付き合うようになったの。すぐにルキアができて、結婚して、十九歳の時に東京に出てきたんだ」

十九歳で妊娠して、ルキア君が今八歳なので、サチさんの年齢はわたしと同じくらいだ。もう少し上かと思っていた。顔はすごくかわいいのだけれど、全体的にたるんでいる。太っているからというだけではなくて、二十代らしい張りがない。

「その人は、今、どこに？」

「知らない」首を横に振る。「ルキアが一歳の時に他に女ができて、出ていったから」

「キララちゃんのお父さんは？」

「キララのパパとは、結婚してない。同棲してただけ。ルキアのことをかわいがってくれてたのに、キララが生まれたら、わたしにもルキアにも暴力振るうようになったの。仕事もしてなかったし。それでも一緒に暮らしてたんだけど、借金取りから逃げて、そのまま帰ってこなかった」

「認知とかは？」

「そんなことする人、いないよ」

「彼が今どこにいるのかも、わからないんですね？」

「二度と会いたくない。今まで付き合った人の中で、ルキアのパパが一番好きだった」

ルキア君のお父さんのことを思い出しているのか、サチさんは幸せそうな笑顔になる。

他に女の人ができて、妻と子供を置いて出ていった男をそんな風に思い出せるなんて、おかしい。でも、わたしがおかしいと感じることが、サチさんにとっては普通のことなのだろう。

親がいて、毎日ごはんを食べられて、中学校や高校に通い、大学に進むのが当たり前。

そういう環境で、わたしは生きてきた。同じように生きられない子供が、今の日本にいるなんて、考えたこともなかった。

自分の家庭環境を不幸だと感じていたことが、恥ずかしくなってくる。

ルキア君とキララちゃん、それぞれのお父さんが慰謝料や養育費を払っているとは、考えられない。キララちゃんのお父さんは結婚も認知もしていないのだから、その義務があるなんて考えてもいないだろう。それで済む問題ではない。だが、そもそも養育費をまともに払いつづける人は、とても少ないらしい。

「出会い喫茶で働かなくても、生活保護を申請したりすればいいんじゃないですか？」

「生活保護は、健康な人がもらったらいけないんだよ。テレビで言ってたもん」

「サチさんが健康でも、ルキア君やキララちゃんは、どうなんでしょうか？」

「二人だって、元気だよ。風邪もひかない」

「うーん、いや、でも」

身体が健康だとしても、サチさんもルキア君もキララちゃんも、生活に困難を抱えている。サチさんは、軽度の知的障害や発達障害なんじゃないかという気がする。ぼんやりしているとか、忘れっぽいとか、そういうレベルではない。彼女がもしも、わたしが普通と考えているような家に生まれたのならば、子供の頃に病院に行って検査を受けたりできたのではないだろうか。子供たちのことを考えたら、今からでも検査を受けて、生活保護を申請するべきだ。

「キララのパパが出ていった時にね、生活保護をお願いしようと思ったんだよ。でも、手続きとかよくわかんないし、怖い人に怒られちゃったんだもん」

「……怖い人？」

「ナントカ所の人。説明してもらっても、全然わかんないから質問したのに、怒るんだもん。怖いからやめたんだ」

「児童相談所みたいなところに行ったことはありますか？」

「あるよ、ある、ある。他にも、たくさんのナントカ所に行ったけど、どこに行っても怒られるばかりで、意味わかんなかった。ナントカ所の人がわざわざ来て、お説教されたこともある。出会い喫茶が一番いいよ。男の人の言うこと聞いてれば、優しくしてもらえる上に、お金くれるんだから。ヤバい人もたまにいるけど、怒られるよりマシ。新しい彼氏ができるかもしれないし」

「そうですか……」

「ナントカ所で、優しくしてくれる人もいたんだよ」

「あっ、そうなんですね！」

「でも、わたしがバカだから、みんな嫌になっちゃうんだよねえ。書類に書いてある漢字も読めないもん。読み方を教えてもらっても意味わかんない。最初は優しくしてくれたのに、どういうことですか？　って、何度も何度も聞くうちに、だんだん疲れた顔になるの。それでイライラし出して、長いお説教が始まる。なんかさ、優しくしてくれた人の方がお説教が長いんだよね。あの人たちは頭いいくせに、わたしみたいなバカの気持ちなんて、想像できないんだよ」

　役所には雨宮のように、誰にでも親切でちゃんと話を聞いてくれる人もいるはずだが、サチさんはそういう人と出会えなかったのだろう。

　わたしは、生活保護に頼ってはいけないと思いながら、一応ネットで調べた。お金を支給してもらえるまでに、用意しなくてはいけない書類がたくさんあり、わたしでもよくわからなかった。説明には、普段使わない言葉も出てくる。サチさんに理解できるとは考えられない。

「漢字、全く読めないんですか？」

「ルキアが習ってるくらいの漢字なら、読める」

「高校、出てるんですよね？」

「地元で一番偏差値低い高校だからね。名前書ければ、入れた。ほとんど行かないで、彼氏や友達と遊んでた。彼氏の家で、彼氏の友達三人にやられたり、同じクラスの女の子に売りやるように言われたりして、面倒くさくなったから、一年の終わりで辞めちゃった。だから、卒業はしてない」

「……それは、事件ですよね？」

「何が？」

「三人にやられたっていうのは、事件じゃないのでしょうか？」

「よくあることだよ」何もおかしくないのに、サチさんは笑い声を上げる。

そんな目に遭う人は、小説や映画の中にしかいないと思っていた。しかし、決して特殊な例というわけではないのだろう。出会い喫茶には、いかにも精神的に問題を抱えているという感じの暗い女の子が何人かいる。彼女たちの中には、もっと酷い環境で生きてきた人がいるのかもしれない。

「愛ちゃんも、ナントカ所の人みたいだねえ」サチさんは、笑ったままで言う。

「えっ？」

「今は親切にしてくれても、いつかいなくなるんだよね？」

「……えっと」

「毎日、うちに来て、ルキアとキララの面倒を見て、ごはん作って、掃除してくれるわけじゃないでしょ？」

「それは、そうですね」

しばらくの間、ここに泊まらせてもらえるならば、そうしたい。でも、しばらくの間であり、ずっとではない。一人で暮らせるお金が貯まって、就職が決まれば、出ていく。

「ああやって、ルキアに料理や掃除を教えたりしないでもらいたかったなあ。親切にしてくれる人がいるって思わせて、絶望させたくないの」

「……ごめんなさい」

「おいしいごはん食べたら、また食べたくなっちゃうじゃん」

「そうですよね」

　炊き出しのスープをもらいに行った公園で、わたしは仁藤さんに声をかけられて、「同情するなら、金をくれ！」という『家なき子』のセリフを思い出した。仁藤さんと同じことを、ルキア君とキララちゃんに対してやってしまった。

「マユちゃんがどうしていなくなったのか、ちょっとわかるな」冷蔵庫を開けて、サチさんは三本目の缶ビールを出す。

「どうしてですか？」

「愛ちゃん、わたしたちとは違うもん」

「どこが？」

「戻れる人だから」

「……どういうことですか？」

「わたしやマユちゃんには、就職なんて、アイドルやお姫様になりたいっていうのと同じくらい、夢みたいな話でしかない」

「そんなことないですよ」

「そんなことあるんだよっ！」

　サチさんは声を荒らげて、開けたばかりの缶を玄関に投げる。

　ビールがこぼれて、靴が濡《ぬ》れていく。

「サチさん、落ち着いてください」

「そういう態度がナントカ所の人みたいなんだよっ！　あと、子供たちの前で、サチって呼ばないでよ」

「えっ？」

「違う名前で呼んだら、おかしいって、子供たちが気づいちゃうでしょっ！　出会い喫茶のことがルキアやキララにばれたらいけないって、それくらいのことは、わたしにだってわかるの！」

「……ごめんなさい」

彼女の本名は、「サチ」ではない。

考えられることなのに、忘れてしまっていた。

「愛ちゃんには、わたしたちのことなんて何もわからないでしょ？」

「……そうですね」

「マユちゃんは、愛ちゃんがいなくなるのが嫌で、自分から先にいなくなったんだよ」

わたしが日曜いバイトに戻ることを阻止《そし》するために、マユはスマホのアラームを解除した。それなのに、いつか裏切られる日が来ることが怖くて、自分から先に逃げ出した。そうだったのかもしれないと考えることはできても、真実はわからない。

もしもマユが戻ってきて、真実を語ってくれたとしても、わたしには理解できないだろう。

サチさんが眠った後で、玄関にこぼれたビールを拭いてから、眠った。掃除をしたらまた怒られるかもしれないと思ったけれど、ビール漬けになったブーツは履きたくない。ルキア君とキララちゃんのためではなくて、自分のために拭いておきたかった。せっかく久しぶりに布団に横になれたのに、なかなか眠れなかった。朝は、トイレに起きたルキア君に足を踏まれて、目が覚めた。

サチさんと顔を合わせることは気まずかった。だが、サチさんは、いつもの穏やかなのんびりした感じに戻っていた。ルキア君とキララちゃんをトイレに入らせて、歯を磨かせて、朝ごはんを食べさせて、一生懸命にお母さんをやっていた。今日は日曜日だから、三人でお出かけするらしい。子供たちは「ママと一緒にいられる！」と、喜んでいた。家族三人の間には強い愛情があり、支え合いながら暮らしているのだから、それでいいんだ。それでも、「わたしに何かできないか」と、考えてしまう。

でも、わたしは、人の家族を心配している場合ではない。

サチさんとルキア君とキララちゃんに見送られて、電車に乗り、出会い喫茶に来た。日曜日なので、午前中から二十代前半の女の子がいて、三十代の人は少ない。

指名が全く入らないわけではないが、二十代後半でホームレスの生活に疲れ切っているわたしと茶飯で外出してくれる人はいない。わたしが男だとしても、二十代前半の若くてかわいい子か、ワリキリで外出してくれる子に、お金を使う。

若い子たちは、もう薄着になっている。稼ぐためには、やっぱり服を買った方がいいと思うけれど、そんなお金はない。ボア付きのブーツという時季ではないから、靴だけでもどうにかしたい。年末にアパートを出た時は、春までにはどうにかなるという計算だった。スーツケースに、冬服を詰めこむことを優先した。春夏の服は全くないわけではないが、季節を乗り越えられるほどではない。持ってきた靴は、ブーツの他に、面接用の黒のパンプスと汚れたスニーカーだけだ。

ジュースを飲みながら、春物の明るい色のシャツを着た女の子たちを、ぼんやり見てしまう。

二十代と三十代で、着る服の色合いも違う。

異様に派手な服で、日曜日にここへ来ている人は、三十代で独身なのだろうという気がする。ワリキリをやっているみたいだし、指名は入るのだが、なかなか外出できずにいる。切羽詰まった感じで、表情がきつくなっているせいだろう。

平日の昼間にここへ来る三十代の人は、派手な服を着ていても、雰囲気がもう少しだけ柔らかい。彼女たちの中には、サチさんと同じようなシングルマザーがいるのではないかと思う。今日は、子供たちと過ごしているのだろう。子供がいるのにワリキリするなんて信じられないと考えてしまっていた。だが、彼女たちは子供のために必死なんだ。

二十代で四年制の大学を出ているわたしだって就職できなかったのだから、彼女たちの状況はもっと厳しい。アルバイトやパートタイマーで仕事に就けたとしても、子供のために日曜日は休みたいなんて言える職場ではないだろう。

彼女たちの多くは、わたしなんか比較にならないくらい、お金に苦労して生きてきたのだと思う。わたしには、請求すれば渋々でもお金を出してくれる父がいた。何人かいたというサチさんの義理の父親が、まともにお金を稼いでいたとは考えられない。サチさんよりバカだというお母さんだって、働いていたとしても、水商売で少し稼いでいた程度だろう。親のようになりたくないのに、同じ道を歩んでしまう。そんな自分を嫌悪しながらも、サチさんはルキア君とキララちゃんのために身体を売りつづけるしかない。

必死になるならば、もっと違う方向を目指して必死になるべきだ。

しかし、彼女たちは、違う方向にだって、行こうとしたことがあるんだ。

昨日の夜、サチさんから「絶望させたくない」と言われた時、わたしは違和感を覚えた。自分の不幸に酔っているみたいな言葉で、彼女らしくないように感じた。しかし、サチさんも出会い喫茶に来る女の子たちの多くも、希望以上に「絶望」を見つめながら、生きてきたんだ。望みを持った先には、いつも必ず「絶望」が待っていると、決めつけてしまっている。

サチさんの気持ちがわかるとは言えないけれど、全く理解できないわけではない。

わたしだって、両親が揃っていて、学費も生活費も親に払ってもらえる友達を見て、自分ばかりがお金に困っていると感じていた。父に、お金の請求の電話をかける時には、「期待しないようにしよう」と、考えた。けれど、わたしの人生には、希望が少しもなかったわけではない。母がいた頃は幸せだったし、大学に入って自立することを考えられた。ホームレスになってからも、マユといられた時は「どうにかなりそう！」と、思えていた。

絶望を見つめながら生きていたら、今よりいいところへは行けない。だから、サチさんには、ルキア君とキララちゃんのために、希望を持ってほしい。でも、わたしがそんなことを言っても、説得力はない。わたしだって、自立できず、マユはいなくなり、希望なんて感じられない状況だ。

わたしのことを「戻れる人だから」と、サチさんは言っていた。

しかし、本当にそうなのだろうか。

頑張ろう！　という気持ちなんて、もう欠片《かけら》も持てなくて、ここでの生活にすっかり馴染《なじ》んでいる。

春が近づいてきているからなのか、出会い喫茶にも、新人みたいな女の子が増えてきた。わたしは、ここでのルールがわからなそうな女の子に「そのジュースは飲んでいいよ」「このお菓子も食べていいよ」と説明して、テーブルの周りを掃除する係の人みたいになってきている。ここで店員になった方がいいんじゃないかと考えたけれど、男しか雇ってもらえないようだ。男女雇用機会均等法に反している。だが、法律に完璧に従っている会社なんて、どれだけあるのだろう。

法律がわたしたちを本気で守ってくれるものならば、わたしは文房具メーカーで正社員になれたし、サチさんは生活保護をもらえる。知識のないわたしたちが悪いということではないはずだ。それでは、頭のいい人ばかりが得する世の中になってしまう。高校も大学も出て、ホームレスになったのは、わたしの自己責任というやつなのかもしれない。けれど、サチさんは違うし、ルキア君やキララちゃんも違う。彼女たちのように、自分ではどうすることもできない人を守るために、法律や制度はあるべきだ。

文房具メーカーに派遣されていた時は、労働基準法とか労働者派遣法とかについて、調べていた。ホームレスになってからは、生活保護や貧困支援について、調べまくっている。どれだけ調べても、法律の素人であるわたしが、それを武器に戦えるものだとは考えられない。無理矢理難解にしているかのような条文は、いまいち理解できなかった。偏差値のすごく高い大学を出ているわけではなくても、わたしは日本人の平均くらいの読解力を持っていると思う。それでも、わからないのだから、サチさんやサチさんと同じように生きてきた人たちに、理解できるはずがない。

小学生や中学生の時にちゃんと勉強せず、高校にもまともに通わなかったのが悪いと言えば、それまでだ。しかし、その機会さえ奪われた子供が、今の日本にもいる。両親がなんでも用意してくれる子供と、サチさんを支えなくてはいけないルキア君やキララちゃんでは、勉強にかけられる時間だって違う。家庭環境が良くなくても、立派に育つ人はいるのだろうけれど、誰もが同じ努力をできるわけではない。

炊き出しをやっている公園に行き、仁藤さんをつかまえて、わたしの考えていることを話したいが、彼女とは会いたくない。健全な人と話すのは、怖い。ナントカ所の人たちが怖くて、手続きに行けないサチさんの気持ちだって、わからないわけじゃない。怒られたりお説教されたりするだけではなくて、自分が社会の底辺にいることを思い知らされる。

仁藤さんみたいな人やナントカ所の人と関わらず、出会い喫茶で知り合った人とだけ接していれば、ここでの生活がわたしたちの「普通」になる。

ドアが開き、店員の男の子が入ってくる。

奥に座っていた女の子を呼んだ後で彼は戻ってきて、わたしの方に来る。

「愛ちゃん、顔が怖い」

「えっ？」

「険しい顔して、お菓子食べてても、指名は入らないから」

「ああ、すいません」

「ワリキリやらないんだったら、愛想良くしてろよ」

「ちょっと考えごとしてました」

「強制はしないけど、ここはタダでお菓子食べて、ジュース飲んでればいい場所じゃないってわかるよな？」

「はい」

「二十六だっけ？　七だっけ？」

「二十六です。七になるまで、半年くらいあります」

「どっちにしろ、二十代後半だろ？」

「そうですね」

わたしと彼の話を、控え室にいる女の子全員が、聞いていない顔をしながら聞いている。誰かの指示なのか、こういう公開処刑みたいなことがたまに行われる。マユと一緒にいた時は、他人事《ひとごと》のように考えて、公開処刑されている人をぼんやりと見ていた。

「茶飯だけで稼げるほど、かわいいと思ってんの？」

「いやあ、まあ、その」

「ワリキリありなら愛ちゃん指名したい、って客は何人かいるんだけど」

「……そうですか」

「こっちとしては、強制しないから、好きにしてもらっていいけど」

そう言って、彼は鏡の向こう側に戻っていく。

怒られ、恥をかかされても、なんとも思わない。どれだけ偉そうにされたところで、わたしは彼を自分よりも下に見ている。

彼はいったい、どうしてここで働いているのだろう。整った顔をしているし、仕事もできるんだから、もっと違うところで働けるんじゃないかと思う。水商売ならば、出会い喫茶の店員よりも、ホストにでもなった方が稼げる。養ってくれる彼女がいるみたいだからいいのだろうか。でも、彼が三十歳や四十歳になっても、同じ暮らしができるとは考えられない。

漫画喫茶のアルバイトの男の子たちは、学生みたいな子が多いから、大学卒業と同時にこの街を去っていく。実際に、今月末で何人か辞めるようだ。四月になれば、新人が入ってくる。

同じように、出会い喫茶で働く彼も、この街からいつか出ていくのだろうかと考えても、それはないんじゃないかという気がする。

いつだって戻れると思っていたはずの場所は、日に日に遠くなっていく。大学や会社という外との繋《つな》がりが断たれた状態で、この街に来た人は、出口への道をすぐに見失う。たとえ出ていけたとしても、いつかまた帰ってくることになる。

夕方まで出会い喫茶にいたけれど、茶飯の客はつきそうになかったから、出ることにした。

スーツケースを押して、漫画喫茶に向かう。

今頃、サチさんは、ルキア君やキララちゃんと遊んだり、ごはんを作ったりしているのだろう。どんなに大変な思いをしているとしても、支え合える人がいるというのはいいことだ。わたしには、支えてくれる人も、この人のためにと考えられるような相手もいない。雨宮から電話がかかってこなくなり、メッセージも送られてこなくなり、本当に一人ぼっちになってしまった。

シネコンの前には、今日もナギがいた。

ナギもわたしに気がつき、手を振ってくる。

「いつも、ここにいるんだね？」わたしから声をかける。

「うん」ナギは、小さくうなずく。

「今、いくつなの？」

「補導《ほどう》するの？」

「しない、しない。そんな権利ないし」ナギと並んで立つ。「わたしだって、警察に行けるような状態ではないから」

出会い喫茶で知り合った男の人からお小遣いをもらっているだけだから、法律に反することは何もやっていない。でも、胸を張って堂々としていてはいけない気がする。

「ハタチ」

「嘘でしょ？」

「十八」

「本当は？」

「十五」

「マジで？」

「あっ、違う。この前、十六になった」

　順調に学校に通っていれば、四月から高校二年生になる年だ。勇気と一つしか違わない。

「愛ちゃんは、いくつなの？」のぞきこむようにして、ナギはわたしを見る。

　大人っぽいのか、子供っぽいのか、どっちなのだろう。こういうアンバランスな女の子を好きな男が、日本人には多いだろう。ただ美人というだけではなくて、アニメのキャラクターみたいだ。

「二十六」

「わたしより十歳上なんだ」

「そうだね」

「十年後、わたし、生きてるのかなあ」

「ええっ？　大丈夫でしょ」

「そうかなあ」ナギは首をかしげて、空を見上げる。

　夜が近付いてきて、ナギの視線の先では、消えそうなくらい細い月が輝いている。

「病気とかではないよね？」

「わかんない」わたしの顔を見て、首を横に振る。「病院なんて、行けないもん」

「そう」

　生理は来ているのか、避妊《ひにん》はちゃんとしているのか、確かめたいことはたくさんある。

妊娠だけではなくて、性病の可能性だって考えられる。けれど、聞かない方がいい。もし彼女が病気にかかっているとしても、わたしが何かしてあげられるわけではない。

「愛ちゃんも、家がないの？」

「そうだよ。ナギは？　帰らないの？　家がないわけじゃないでしょ？」

「ないもん。あれは、ナギの家じゃない」駄々をこねる子供みたいな口調で話す。

「お父さんやお母さんは？」

「お父さん、ベッドに入ってくるんだもん」

「……どういうこと？」

「中学生になったばかりの頃、お母さんがお花の教室でいない時に、お父さんがベッドに入ってきたの。日曜日だから、ゆっくり眠ってたかったのに」

「それは、血の繋がったお父さん？　それとも、義理のお父さん？」

「血の繋がったお父さんだよ」

「我慢したの？」

「だって、お母さんには黙ってるように、ってお父さんに言われたんだもん。それに、ナギもすごく嫌だったけど、お母さんはもっと嫌だろうって思った。だから、中学卒業するちょっと前まで黙ってたんだけど、お母さんがお花の教室から急に帰ってきて見られちゃった。それで、お父さんとお母さんがけんかするようになって、お母さんがちょっとおかしくなって、おばあちゃんとかにもばれちゃったから、卒業式の後でナギは家を出たの」

「そんな……」

「花柄のカーテンやお布団も、リビングにあったグランドピアノも、お母さんもお父さんも、大好きだったんだけどなあ」

「ん？　ナギのお家は、お金持ちだったのかな？」

「なんで？」大きな目をさらに大きく開いて、わたしを見る。

「グランドピアノがあったんでしょ？」

「ピアノがあると、お金持ちなの？」

「うーん、そうじゃないかなあ」

うちにも、友達の家にも、アップライトピアノや電子ピアノしかなかった。グランドピアノがあったのは、お母さんがピアノの先生という女の子の家だけだ。

ナギは、グランドピアノを買ってもらえる家庭で育ち、それを置けるような広いリビングのある家に住んでいたということだ。リビングにはお母さんが活けた花が飾られていて、ナギはかわいらしい子供部屋で暮らしていたのだろう。そこで、父親から性的虐待《ぎゃくたい》を受けた。お母さんにばれてしまい、おばあちゃんも誰も、ナギを守ってくれなかった。友達にも学校の先生にも相談できず、家出してきた。家族は、いなくなった彼女を捜しもしていないのかもしれない。

信じられないような話なのに、自然と受け入れられるようになってきている。

お金持ちで、高いレベルの教育を受ける機会もあったはずの子だ。それなのに、父親のせいで、ナギはこの街に来た。家で性的虐待を受けるよりも、知らない男に抱かれて暮らす方がいいと考えてしまった。そんなことをしなくても、訴《うった》えるべきところに訴えれば、安全な生活が保障されるはずだ。

しかし、まだ未成年である彼女も、法律や制度のことなんて知らない。

「今日、泊まるところは見つかってるの？」

「ううん。今日は、神さま来ないかも」ナギは、コートのポケットからスマホを出す。スマホのケースはピンク色で、ディズニー映画のプリンセスの絵が描いてある。持ち物や服装は、普通に暮らす十代の子と変わらない。

「神さま？　何それ？　ヤバい宗教？」

「何言ってんの？」ナギは声を上げて、笑う。「愛ちゃん、おもしろいねえ」

「そんなに、変なこと言った？」

「愛ちゃんだって、出会い喫茶とか行ってるんだからわかるでしょ？　男の人のことだよ」

「ああ、そっか」

「そうだよ」

ナギは話しながら、スマホを見て、メッセージを打ちこむ。

出会い喫茶でも、「神待ち」という言葉は、聞いたことがある。

帰る場所のない女の子たちを泊めてくれる男の人のことを「神」と呼ぶ。

文房具メーカーで派遣で働いていた頃にも、ニュース番組の特集で見たことがあった。あの時は他人事でしかなかった。こんな子たちが本当にいるのだろうか、大袈裟じゃないか、と疑う気持ちで見ていた。何年も前に流行った言葉のように感じていたが、SNSや出会い系サイトを見れば、家出したという女の子たちが今でも「神待ち」と書きこんでいる。親切心で何もせず泊めてくれる人がいないわけではないらしいが、ほとんどの男の人が代償《だいしょう》を求める。

「あっ、見つかった」嬉しそうにして、ナギは言う。

「そう」

「そこまで来てるみたいだから、行くね」手を振りながら、軽やかに走り去っていく。

長い黒髪の揺れる後ろ姿が遠くなっていく。

その先にいる男の人は、ナギを救ってくれる「神さま」ではない。

この街にいる女の子たちを救ってくれる「神さま」は、他にいるはずだ。

でも、そう思ったところで、わたしには何もできない。

中途半端に手を差し伸べれば、ナギを余計に傷つけることになる。

中学を卒業して家を出たのならば、彼女も一年くらい、この街にいるのだろう。

その間、たくさん辛い思いをしたはずだ。

彼女は彼女の意思で、誰が「神さま」なのか、決めた。

三千円のメロンパフェ

春が来たと思ったら、一気に暑くなった。

五月半ばになり、夏みたいに感じる日がつづいている。

暑い中、スーツケースを押して歩き回ったからか、だるい。

漫画喫茶での生活にも慣れてきたと思っていたのに、最近はあまり眠れない。ソファー席の個室をやめて、床に寝転がれるような個室にしても寝付けず、パソコンやスマホでネットを見るうちに朝になる。

どれだけ検索しても、どんなニュースサイトを見ても、SNSを追いつづけても、わたしに必要な情報を見つけられない。

出会い喫茶に行く気にもなれなくて、この一週間くらい、日中はずっとデパートの休憩スペースでぼうっとしている。

できるだけ使わないようにしても、お金は減っていく。二十万円以上貯まったはずなのに、もうなくなりそうだ。働かなくてはいけないとわかっているのだけれど、何もしたくないし、人と話すのも面倒くさい。

デパートの休憩スペースは、窓の外の景色を見られるように、ベンチが並んでいる。

見下ろすと、周りにある会社に向かう人たちの姿が見える。

彼らや彼女たちは就職できたのに、どうしてわたしは就職できなかったのだろう。

文房具メーカーの部長に「正社員の約束、無理になった」と言われてから、一年が経った。

窓の外をずっと見ていると、街を歩く人たちをうらやましいと思う以上に、死にたくなってくる。

そんなことを考えてはいけないとわかっていても、「お腹すいた」と感じるくらいの気軽さで、「死にたい」と感じる。

屋上に行って、飛び降りたら、人生を終えられる。

そうすれば、お金のことや将来のことを考えないでよくなる。

だが、そんなことをする気力もない。

とにかく、何も考えないようにして、黙って座っている。

高層ビルの間に陽が沈み、夜になり、デパートに閉店の音楽が流れる。

スーツケースを押し、エレベーターで一階まで下りて、外に出る。

会社帰りの黙って歩く人たちの間を通り、酔っ払って騒いでいる人たちから離れ、スマホを見ながら歩く人たちをよける。

広い通りを渡り、繁華街に入る。

もう少しで漫画喫茶に着くというところで、後ろから腕を引っ張られた。

振り返ると、派手な格好をした女の人がいた。

邪魔じゃないのかと思えるくらいまつ毛を盛り、唇が光るほどグロスを塗り、長い金髪を縦ロールしている。毎日暑くても、さすがにその格好はないんじゃないかと思えるくらい、薄着だ。ピッタリと身体に張りつくタンクトップを着て、ギリギリパンツを隠せる丈のミニスカートを穿いている。

「水越さんだよね？」その女の人が言う。

「そうですけど……」

「わたし、山本由美《やまもとゆみ》、憶えてない？」

「……えっ？」

日本中に同姓同名の人が何人もいそうだが、わたしの知っている「山本由美」は、一人だけだ。高校一年と二年の時に、同じクラスだった。

山本さんは、クラスで浮いていた。というか、学校にほとんど来なかった。まあまあ偏差値の高い市立高校だったので、雨宮のように騒がしい男子はいても、根はマジメな生徒が多かった。ほぼ毎日、遅刻するかサボるかという生徒は、学年で山本さんだけだった。サボって彼氏と遊んでいるとか、煙草を喫っていたとか、高校生が行ってはいけないような店に入り浸っているとか、色々な噂があったが、真実は知らない。試験の日も来なくて、出席日数も足りず、二年の一学期の途中で退学になった。

髪を茶色く染めて、化粧をして、ピアスもして、一つも校則を守っていないような格好で学校に来て、山本さんはとても派手だった。しかし、目の前にいる女の人が、あの山本由美とは思えない。

顔自体は、もう少し地味だったはずだ。

「高校の時、同じクラスだったでしょ？」彼女は、グレーのカラコンが入った目で、わたしを見る。

「同じクラスに、山本さんはいたけど……」

「顔がちょっと違うから、わかんないか」

「うん」

「目とあご、軽くいじっただけなんだけどね」

「うーん」少し離れて、彼女の顔を見る。

山本さんだと思えば、そう見えなくもない。

分厚い化粧を落とせば、目とあごを軽くいじっただけの山本由美だと思える顔になるのだろう。

「何してんの？」山本さんは、わたしのスーツケースを見る。

「えっと、ちょっと」

「旅行って、感じじゃないよね？」今度は、わたしの服装を上から下まで見る。

コインランドリーを使えるお金はないし、手洗いするのは面倒くさくて、何日も同じ

Tシャツを着て、同じスカートを穿いている。派遣で勤めていた頃に買った膝丈のスカートは、Tシャツと合っていない。足元は、白だったはずがグレーになりつつあるスニーカーだ。

「あの、その、家がなくて」

「ええっ！　なんで？」

「話すと長くなるのだけど……」

「とりあえず、飲みに行こうよ」

「飲めるようなお金もなくて……」

「奢るから、大丈夫！」明るい声で言い、山本さんはわたしの背中を叩く。


居酒屋で、鶏の唐揚げやだし巻き卵や高菜炒飯《チャーハン》やシーザーサラダを食べながら、今までのことを山本さんに話す。

安いことが売りのチェーン系の居酒屋だが、席は半個室になっている。隣の席の声が全く聞こえないわけではないけれど、何を話しているかまではわからない。

スーツケースを押して歩いているところを見られたので、ごまかせないと思い、どうしてホームレスになったのかも、出会い喫茶でお金を稼いでいることも、隠さずに話した。高校の同級生という気軽さもあり、なんでも話せる気がした。山本さんが同級生の誰かと今も連絡を取っているとは考えられない。話しても、他の人にばれることはないだろう。

大袈裟《おおげさ》なくらい相槌を打ちながら、山本さんは最後まで聞いてくれた。

「身体、売ればいいじゃん」ビールを飲み干し、山本さんが言う。

「えっ？」

「だって、お金に困ってんでしょ？」

「うん」

「水越さんは、そういうのバカにしてるタイプだから、無理か」

「そんなことないよ」首を横に振る。

「そんなことあるでしょ」店員を呼んで、ビールを頼む。「茶飯まではできても、ワリキリはできないっていうのは、そういうことじゃなかったら、なんなの？　ワリキリやってる人たちとか、水商売で生活してる人たちとかをバカにしてんじゃないの？　職業差別ってやつだよね」

「うーん」

サチさんや出会い喫茶の店員の男の子を見て、自分より下にいる人だと考えていた。上か下か無意識に判断していたが、社会で生きていくためのスキルを基準にしていたのだと思う。サチさんや出会い喫茶の店員の男の子は、パソコンを使いこなせないけれど、わたしは使いこなせる。その程度のことだ。下と考えたのだから、バカにしていることになるかもしれない。でも、それくらいのことで、人を上か下か判断していた自分の方がバカだという気がしてくる。

ただ、それが理由で、身体を売れないわけではない。わたしはどうしたって、よく知らない男の人とホテルに行ったりはできない。お金のためと考えても、身体が拒否する。

「高校生の時だって、みんなでわたしの悪口言ってバカにして、おもしろがってたでしょ？」

「悪口は言ってないよ」

「サボって男といるとか噂してたんじゃないの？」

「そういう噂はあったけど……」

「事実だから、悪口じゃないか」

「事実なんだ……」噂を聞いても、都市伝説のようなものだと感じていた。

「わたし、中学の時は、ちゃんと学校行ってたし、成績も良かったんだよね」山本さんは、煙草に火をつける。「でも、第一志望に受からなくて、勉強重視だった人生のバカバカしさに気づいた。中学三年間、勉強ばっかりしてたのに、結果が出なかったんだもん。それで、高校に入ってからは、違うことしたいと思って、お化粧して、髪も染めて、男と遊ぶようになった。最初は、中学の同級生とデートするとか、他校の男子とカラオケに行くとかだけだったのに、大学生や社会人とも遊びはじめたら、高校に行くの面倒くさくなっちゃった」

静岡の片隅の、異常に広いスーパーやドラッグストアぐらいしかない街で、どうやって大学生や社会人と知り合ったのだろう。だが、そういうきっかけは、どこにでも転がっているのかもしれない。

「教室でつまんない授業聞いてるより、セックスしてる方が楽しいもん」

「そうだったんだあ」どう返したらいいかわからないので、適当に相槌を打ってハイボールを飲む。

「退学になってすぐに東京に出てきたの。未成年だから、しばらくは大変だったけどね。今は、もう余裕。前はデリヘルやソープにいたんだ。でも、取り分が減るから、最近は出会い喫茶に行ったりして個人でやってる」

「そうなんだあ」

「実はさ、少し前に、出会い喫茶で水越さん見かけたんだよね」

「えっ？　そうなの？」

「でも、その時は、どこかで見たことあるっていうだけで思い出せなかったから、声かけなかった。誰だったのか考えつづけて、高校の同級生だって、思い出した。出席番号順の席で、水越さん、わたしの前に座ってたじゃん」

「ああ、そうだったね」

一年の時も二年の時も、一学期は出席番号順で座っていて、わたしの後ろが山本さんだった。いつもいないので、プリントを回す時に、いちいち立ち上がって、後ろの後ろの席の人に渡さなくてはいけなかった。

「また会うだろうなって思ってたら、さっき会えた」嬉しそうに言いながら、山本さんは煙を吐く。「水越さんの周りには、身体売ったりする友達がいなかったから悩むんだろうけど、さっさとワリキリやった方がいいって。一度やれば、悩んでたことがバカみたいって思えるようになるよ。ここら辺にいる子たちは、みんなやってることで、おかしいことや責められることじゃないんだから」

「いや、うーん」

「だって、茶飯に行っても、三千円とか五千円とかで、なかなか客がつかなくなってるんだよね？　だったら、ワリキリやって、稼いだ方がいいじゃん。必要な額が貯まったら、やめればいいっていうだけだよ」

「それは、そうなのだけど……」

「いきなり本番は抵抗があるとしても、手や口でやれば、いちごはもらえんでしょ？」

「その方が無理かなあ」手や口でやって、男の人からお金をもらえるような、技術は持っていない。

「セックス、好きじゃないの？」

「好きじゃないとは言わないけれど、好きと言い切れるほどでもない」

「何それ？　もう二十七歳になるんだから、純粋ぶっても得しないよ」

「それも、わかってるのだけど……」

「彼氏以外とは、やったことないとか？」

「ううん」首を横に振り、だし巻き卵を食べる。「でも、付き合うかもしれないと思ったものの付き合わなかった、っていう人がいるだけで、酔った勢いとかはない」

「恋愛を介してしか、やってないから、セックスが好きかどうかわかんないんじゃない？」

「どういうこと？」

「もっと気軽に、色々な人と楽しむものだって思えばいいんだよ。スポーツみたいなものって、よく言うでしょ。テニスや卓球だったら、彼氏以外とだってやるんだから、それと同じだよ。女の子を買う中には慣れてる人もいるから、こっちがお願いして本番やらせてもらいたいくらい、気持ち良くしてくれる人だっている。自分でさがすのが怖いなら、最初の客だけでも、誰か紹介しようか」

「山本さんは、ずっとこういう仕事をつづけるの？」わたしから聞く。

「できるうちはつづける。だって、月に十日くらい働くだけで、五十万は稼げるんだよ」

「そんなに？」

「誰でも、稼げるわけじゃないよ。わたしは、この世界に十年いるからね。月にいくらっていう契約の人もいるし。愛人契約とかじゃなくて、もうちょっとラフにやってて、セフレからお金もらってるっていう感じ」

「そっか、そういうのもあるんだ」

「茶飯だけとか言ってたのに、ワリキリやるようになった子を何人も見てる。茶飯だけでやめられるのは、お小遣いとして月に五万くらい稼げればいいっていう子しかいないよ。本気でお金に困ってるのに、茶飯だけなんてありえないから」

「そうだよね」

「水越さん、まあまあかわいいし、お嬢様っぽい格好すれば、相場より多めに出してくれる人もいるんじゃないかな。でも、二十代後半で値崩れしてきてるんだから、早く決めた方がいい。もう若くないんだよ」

お金を貯めることを本気で考えたら、身体は売りたくないなんて言っている場合ではないのだろう。たとえ、毎日出会い喫茶に行って、茶飯でいくらか稼げたとしても、アパートを借りられる額が貯まるまで何ヵ月もかかる。

いくら貯めたらやめると決めて、ワリキリをやった方がいいのかもしれない。

サチさんだって、ナギだって、山本さんだって、みんながやっていることだ。

別に、アイドルや女優になろうというのではないのだから、ワリキリで身体を売るくらい、過去のスキャンダルみたいになったりしない。身体を売って生活している女の子はたくさんいる。それを嫌だと言いつづけるのは、山本さんの言うように職業差別になる。今までだって、五人以上の男性とセックスしたことがあり、それが何人か増えるだけだ。山本さんに頼めば、安全で多めにお金を出してくれる人を紹介してもらえる。

このままでは、いつまで経っても、ホームレスから抜け出せない。

「わたしは、婦人科や性病の検診にも行ってるから、不安なことがあれば、なんだって相談に乗れる」

「本番だけで、稼いでるの？」

「ううん。相手によって、手や口とか、素股とか」

「……素股ね」

それは、手や口以上に無理だ。言葉として知っていても、どうやればいいのかわからない。

「技術に自信がないなら、教えてくれる男、紹介しようか？　ソープで研修やってるような知り合いもいるから」

「いや、いいや」

「プロの技術知ってたら、ワリキリやめてからだって、役立つかもよ。彼氏にやってあげたら、それだけで、相手を自分の言いなりにできる」

「彼氏いるの？」

「一緒に暮らしてる」

「身体売ってることは、何か言われない？」

「向こうもホストだし」

「そっかあ」

「かっこ良くて、人気あるんだよ」山本さんは、幸せそうな笑顔になる。「付き合うまでは、すっごい貢いだ。けど、今は、向こうがわたしに夢中なの」

「そうなんだ」

「その気になったら、いつでも言って」スマホを出し、連絡先を交換する。

「もう少し考えてみる」

一つ残っていた鶏の唐揚げを食べて、ハイボールを飲み干す。

だるかったのは、暑さや寝付けないせいではなくて、ちゃんと食べていなかったからなのかもしれない。お腹いっぱいになったら、気力が湧いてきた。


山本さんと別れて、漫画喫茶に向かう。

シネコンの前を通ったけれど、いつものところにナギはいなかった。

ナギの今日の「神さま」は、どんな男なのだろう。

そして、ナギは「神さま」に、どんなことをするのだろう。

†

持っている中でキレイな方の服に着替えて、久しぶりに出会い喫茶に来た。

正面の鏡には、白い半袖の襟《えり》付きシャツにグレーのスカートという、面接に行くみたいな格好をしたわたしがうつっている。女の子たちの中で浮いているが、洗濯していないTシャツよりマシだ。これ以外でキレイな服は、先輩の結婚式の時に買ったワンピースしかない。しばらく着る機会もないから、売ろうかどうしようか迷ったけれど、スーツケースに詰めこんだ。

ワンピースを買わずに、一万円札を大切に手元に置いていたら、ホームレスにならなかったのだろうか。派遣で勤めていた頃に、靴もバッグも何も買わないで、温泉旅行にも行かなければ、今でもアパートに暮らせていたのだろうか。友達と会ったりもしないで、仕事だけしていればよかったのだろうか。

たまにそう考えてしまうけれど、それは違うと思う。

我慢を重ねたところで、貧困から抜け出すことはできない。

自給自足で、ほとんどお金を使わずにエコを重視した生活をするというのは、素敵なことだと思う。そこまでしなくても、移動にはできるだけ自転車を使ったり、スーパーの特売日を細かくチェックしたりして、生活費をおさえにおさえ、根性で貧乏を乗り越えているような人だって、たくさんいる。

しかし、それでは、根本的な解決にならない。

貧乏人はいつまでも貧乏なままだ。

元気なうちはいいとしても、病気になったりしたら、どうしようもなくなってしまう。たとえ手取りの給料が少なくても、保障がしっかりしていれば、貧困から抜け出せるのではないだろうか。派遣で勤めていた時は、風邪をひいて休んでも、有休扱いにしてもらえるという安心感があった。

昨日、山本さんにごはんを食べさせてもらい、少し元気になったけれど、完璧に回復したわけではない。それでも、今のわたしには、住む家も保障も何もないから、寝こんでいられない。体調が悪いまま出会い喫茶に来て、朝ごはんと昼ごはんの代わりに、スナック菓子やチョコレートを食べてジュースを飲む。こんな生活では、体調が悪くなる一方だ。

「ああ、愛ちゃん、久しぶり」サチさんが鏡の向こうから戻ってくる。

「お久しぶりです」

「もう来ないのかと思ってた」わたしの隣に座る。

「ちょっと体調が悪かっただけなんで」

「そうなんだあ。大丈夫？」

「お金必要だから」

「無理はしないようにねえ」

ルキア君とキララちゃんが就学前や小学生のうちはどうにかなるかもしれないけれど、二人が中学生になったら、サチさんはどうするつもりなのだろう。給食費や教材費以外にもお金がかかるようになるし、サチさん自身もいつまでもワリキリで稼ぎつづけることはできない。高校には、本当に行かせないつもりなのだろうか。中卒では、就職先の選択肢がとても少なくなってしまう。気になっても、聞かない方がいい。聞けば、また怒らせることになる。

どうしようもないことだ、とサチさん自身が一番よくわかっている。

サチさんは家に行った時に、出会い喫茶について「彼氏ができるかもしれないし」と、話していた。彼女の求めている「神さま」は、子供たちのお父さんになってくれる人だ。でも、そういう人が見つかったとしても、ルキア君やキララちゃんのお父さんの時と同じことの繰り返しになるんじゃないかと思う。子供がもう一人増えたりしたら、どうすることもできなくなる。自転車の前と後ろに子供たちを乗せて保育園の送り迎えをして、家族みんなでスーパーの特売に駆けこむような、貧乏子だくさんの肝っ玉母ちゃんみたいに、サチさんがなれるとは考えられなかった。そもそも、子供たちを保育園にも幼稚園にも通わせていない。

「愛ちゃん、昨日、ユリちゃんと一緒にいたよね？」サチさんが聞いてくる。

「……ユリちゃん？」

「一緒にいたの、ユリちゃんじゃなかった？」

「ああ、ユリちゃんです」

山本さんのことだろう。この街では、本名の由美ではなくて、「ユリ」という名前で暮らしているんだ。

「だから、もう来ないのかなって、思ったんだあ」

「なんでですか？」

「ユリちゃんに、もっとお金もらえる仕事を紹介してもらったのかなあって」

「……お金もらえる仕事？」

「そういう話を聞くために会ったんじゃないの？」

「いや、違います。彼女、高校の同級生だったんです。それで、偶然に会って」

「そうなんだあ。じゃあ、聞かなかったことにして」

「そう言われると、気になります」

「うーん」サチさんは面倒くさそうに、溜息をつく。

「あっ、別に、話してくれなくてもいいです」

「えっとねえ。ユリちゃんとは、付き合わない方がいいと思うよ」

「どうしてですか？」

「向こう側に行っちゃった人だから」

「……向こう側？」

「お金を稼ぐためなら、なんでもするっていう感じ」

「なんでも？」

「わたしはワリキリやってて、たまにヤバい人もいるけど、危ないプレイはさすがにNGなの」

サチさんがのんびりした口調で、ワリキリについて語っても、驚きも何も感じなくなってきた。

「痛いのとか嫌だし、ケガしたりしたらルキアとキララに心配かけるし、高校生の時のことがあるから一度にたくさんの人を相手にするのも怖いんだよね。だから、本番やっても、一対一で、普通にやるだけ。ヤバい人とは、二度と外出しない」

「ヤバいって、どういうことですか？」

「それは、話したくない」本気で嫌そうにして、サチさんは首を横に振る。

「すいません。話さなくていいです」

「でも、ユリちゃんは個人で、そういうヤバい人とか相手にして、高いお金もらってるみたいなんだよね。たまに出会い喫茶に来るけど、他の女の子にはできないようなこともできるっていう交渉をするから、わたしたちの間では評判良くないんだ。新規のお客さんつかまえるために、値段下げたりもするから。規律《きりつ》が乱れるって、みんな言ってる」

「なるほど」

出会い喫茶には、男性と交渉する上でのルールはない。けれど、茶飯ならば三千円くらいから、ワリキリならば一万五千円くらいからということは、暗黙の了解として、みんなが守っている。ワリキリの場合、どこまでやるのか、ホテル代はどうするのか交渉して、最終的な額を決めるのだろう。相手次第で、多くもらえることはあるし、価格を上げて交渉する女の子がいても困らない。けれど、価格を下げて交渉されたら、そこに男性が集中する。そうすると、相場が下がってしまう。

技術的なことだって、手や口や素股や本番以上のことをできると聞けば、男性はその女の子を選ぶんじゃないかと思う。3Pとか、普通はできないことをやってみたくて、来る人だっている。山本さんが何をしているのか気になるけれど、知らないままでいた方がいい気がする。

　昨日、山本さんと話した時には、身体を売ってもいいような気分になった。でも、冷静に考えると、やっぱり無理だ。

　職業差別は良くないことで、サチさんや出会い喫茶で働く男の子を下に見てはいけないと理解している。彼女たちや彼らは、それぞれ事情を抱えて、ここで働いている。この街で働くことが好きで、誇りを持っている人だって、たくさんいる。この街に来て、まだ半年も経っていないわたしが、わかったような顔で語っていいことでもない。

　それとは別問題として、わたし個人として考えて、「できない」という結論を出した。茶飯で、漫画喫茶で生活できるお金より少し多めの額を稼いで、ある程度余裕を持てるぐらい貯まったら、日雇いバイトに戻ろう。日雇いの方が毎日仕事があり、計画的にお金を貯められる。

「ユリちゃん、そのうち死んじゃうと思う」サチさんが言う。

「えっ？」

「みんな、死んじゃうから」

「死んじゃう？」

「三十歳過ぎたら、二十代の頃みたいに稼げなくなって、彼氏にも捨てられて、自殺しちゃう人って多いんだ」

「そうなんですか？」

「だって、愛ちゃんみたいに、ＯＬになろうなんて考えられないもん」

「でも、自殺しなくても……」

「生きてたって、どうしようもなくない？　お金もなくて、住むところもなくて、できることも何もないんだよ。ホームレスのおじさんたちみたいに、駅や公園で寝るなんて、女にはできない。そこまでして、生きてる意味もないでしょ」

「意味はあるんじゃないでしょうか？」

「ないよ」

「うーん」

「わたしには、ルキアとキララがいて良かった。二人のためならば、生きていようって思える」子供たちのことを考えているのか、サチさんは優しく微笑む。

どんな状況になっても、生きる意味はあると思う。でも、どうしてそう思うかは、説明できない。テーマが大きすぎる。わたしだって、デパートの休憩スペースで、死にたいと考えていた。明日の生活に不安になりながら、何十年も生きつづけるより、死んだ方が楽に思えてしまう。

ナギは、「十年後、わたし、生きてるのかなあ」と、話していた。自殺してしまう人がいるということを、彼女も知っているのだろう。まだ十六歳でしかないのにナギは、いる。

未来に夢を見られずにいる。死なないで今日を暮らすためだけに、「神さま」を求めている。

「ねえ、愛ちゃん」サチさんは、わたしを見る。

「なんですか？」

「規律って、何？」

「自分で言って、わかってなかったんですね？」

「うん」大きくうなずく。

「みんなで守るべきこと、です」少し違う気もするが、細かく説明しても、サチさんには理解できないだろう。

「そっかあ。そういうことなんだあ。ちょっと賢くなった」

「それは、良かったです」

この街にいる勉強の苦手な女の子たちを集めて、生きていくために必要な智恵《ちえ》を教える教室でも開けばいいのかもしれない。いきなり教室を開いても、生徒は集まらないだろうけれど、こうして出会い喫茶にいるうちに知り合った子に声をかけていけば、広めていけるんじゃないかと思う。わたしの貧乏っぷりを見ている女の子たちだったら、警戒されたりもしないだろう。

こうしてホームレスになっているのだから、わたしだって、そんな智恵は持っていない。けれど、サチさんみたいな人たちに、役所で手続きする方法を教えるくらいはできる。余計なお世話だとサチさんには言われてしまうかもしれないが、役所や児童ナント カ所の人たちとの話し合いにわたしが通訳のようにして同席すれば、ちゃんと話を進められる。そこに雨宮も来てくれたら、完璧だ。

ドアが開き、店員が入ってくる。

「愛ちゃん、お願いします」

「はい」

立ち上がり、店員のところまで行き、タイマーと男性の自己紹介カードをもらう。

「失礼します」

カーテンを開けると、ソファーにはケイスケさんが座っていた。

ケイスケさんは、わたしにとって唯一と言っていい常連さんで、今までに茶飯で四回外出している。駅の反対側にある会社に勤めているらしい。お昼を少し過ぎた頃に来て、ランチや一時間くらいサボってお茶を飲む相手をしてほしいと頼まれる。三十代前半の普通のサラリーマンという感じで、いつも紺やグレーのスーツを着ている。今日は、白いワイシャツに水色のネクタイで、グレーの上着は横に置いたカバンの上にかけてあった。

「久しぶり」ケイスケさんは、わたしに向かって小さく手を振る。

「お久しぶりです」隣に座る。

「昨日も一昨日も来たのにいなかったから、もう会えないのかと思った」

「ああ、すいません。ちょっと体調を崩してしまって」

「大丈夫？」のぞきこむようにして、ケイスケさんはわたしの顔を見る。

ソファーは二人で座るには少し小さいから、どうしても身体が近づく。隣に座るだけでも緊張するので、顔を見られるとドキドキしてしまう。ケイスケさんはかっこいいというほどではないのだけれど、わたしの好きなタイプの顔だ。色が白くて、すっきりした顔をしている。

「大丈夫です」

「今日は、外出するの、やめておく？」

「行けます。もう元気なんで」

「そうかなあ？　なんか、顔色悪い気がするけど」

「ここ、照明が薄暗いから」

「そっか」ケイスケさんは、天井のライトを見上げる。

「ランチには、ちょっと遅いですよね。喫茶店でも、行きますか？」

「……えっと」見上げたまま、言いにくそうにする。

「どうかしました？」

「ホテルに行くのは、無理だよね？」わたしの目を見る。

「……いや、うーん、無理です」

「どうしても、無理？」

「……はい」

「どうしても？」

「……えっと」

たとえば、わたしとケイスケさんが会社の同僚で、四回デートしたという状況ならば、五回目の今日は先に進むことを考えるのが当然だ。

ケイスケさんは、こういうところに慣れている人ではないと思う。最初に来た時、冷やかしというか、どういうところか興味があっただけだと話していた。大学生の頃、雨宮や他の男友達は、バイトの先輩のおごりで風俗に行ったりしていた。そういうことに全く興味がない男性なんていなくて、誰もが一度は行くものなのだろう。

二回目に来た時にケイスケさんは、「愛ちゃんとまた話したかった」と、言ってくれた。それ以降、わたしと会うために来てくれているのであって、女の子ならば誰でもいいという人ではない。

でも、いつまでも、「茶飯だけ」と言って断りつづけたら、ケイスケさんは来なくなったり、他の女の子を指名したりするようになってしまうかもしれない。今は優しくしてくれているけれど、前に来たおじいちゃんのように怒ったり、店員の男の子のように年齢や見た目のことで嫌味を言ったりするようになるのかもしれない。そんなことをするタイプの人ではないから大丈夫だと思っても、このままの関係をつづけるのは難しいだろう。

　ごはんを食べて、お茶を飲みにいき、たくさんのことを話した。彼が悪い人ではないことはわかっている。男友達と話す時のように、楽しく過ごせた。好きなタイプの顔だし、ここで知り合ったのではなかったら、本気で好きになっていたかもしれない。だったら、ホテルに行ってもいい気がする。

　そう思っても、迷う。

　一度行けば、次から断れなくなる。

　もう少し様子を見た方がいい。でも、考えるうちに、タイミングを逃してしまうかもしれない。

　大学生や派遣で勤めていた頃、男の子からの誘いをまだ無理と断り、駄目になったことがあった。しかし、大丈夫と決断して、駄目になったこともある。

　ケイスケさんのことはまだよく知らないし、早いと思う。だが、大学生や派遣で勤めていた頃の相手とは違い、付き合うかどうかという判断を迫られているわけではない。ホテルに行ったところで、恋人にはなれない。それとも、そこでちゃんと自分の気持ちを伝えれば、先に進めるのだろうか。わたしが今までのことを話して、どうして出会い喫茶にいるのか説明したら、ケイスケさんならばわかってくれる気がする。

　彼がわたしの「神さま」になって、この街から連れ出してくれるかもしれない。

「そんなに、考えこまなくてもいいよ」ケイスケさんが言う。

「ああ、ごめんなさい」

「ホテルに行くだけとかでも、駄目？」

「えっと……」

「何もしない。って言ったら、嘘になる。でも、服を着たままで、少し身体に触るだけとかでいい。今までよりも近いところで、愛ちゃんと話したい」

それならば、いいんじゃないかと思う。

とりあえずホテルに行き、身体に触り合って、それ以上しても良さそうだと思えたら、ワリキリとして交渉すればいい。いきなりワリキリと考えると、身体が拒否反応を示す。しかし、恋人同士のように段階を踏めば、楽に考えられる。

「愛ちゃんと会うために、ここに来てるんだよ」

「はい」

「一昨日も昨日もいなくて、すごく不安になった。もういなくならないでほしい。愛ちゃんとの関係をもっと確かなものにしたい」

「はい」

「無理かな？」

「……うーん」

うなずいてしまってもいいと思うのに、駄目だという気持ちが消えない。

「ごめん」笑いながら、ケイスケさんが言う。

「えっ？」

「悩ませちゃったね」

「ああ、えっと」

「そうだよな。愛ちゃんはオレを好きで、会ってくれてるわけじゃないんだもんな」

「そんなことないですよ。好きです」

「本当に？」

「あっ、でも、そういう好きじゃないというか。たとえ、そういう好きだとしても、ホテルに行くには、まだ躊躇《ためら》いがあるというか」

「そっか、そっか」

「いや、あの、その」

「おもしろいな。愛ちゃんは」声を上げて、笑う。

「なんか、ごめんなさい」

「気にしないで。今日は、茶飯にしておこう」

「はい」

「何か食べたいものある？」

「なんでもいいです」

「たまには、甘いものもいいかな。表の通りを渡った先に、果物屋さんがあるじゃん。同じビルの上の階に喫茶店が入っていて、フルーツパーラーっていうのかな。入口にパフェの写真が貼ってあって、前を通るたびに、うまそうだなって思ってたんだ。でも、男だけでは入りにくいから。そこに、付き合ってくれる？」

「行きたいです」

「じゃあ、行こう」

先にケイスケさんがカーテンの向こうに出ていく。

わたしは後から出て、背の高い彼の後ろ姿を追う。


ケイスケさんは、わたしが見やすいようにメニューを開いてくれる。

三時を過ぎて、ちょうどお茶の時間だからか、店内はほぼ満席だった。八割以上が女性客で、わたしと同世代くらいの人が多い。男性もいるけれど、女性に連れられてきた人ばかりだ。大きな窓から光が射す店内に、話しつづける女性たちの声が響《ひび》き渡る。

「たしかに、ここは、男性だけでは入りにくいですね」わたしが言う。

「だろ？」

「はい」

「結婚してるとか、子供がいるとかであれば、もっと色々なところに行けるんだろうけどな。独身男なんて、つまんないだけだよ」

「男性は、女性のように、みんなでスイーツ食べたり、テーマパーク行ったりしませんもんね」

「そうなんだよ。友達が嫁さんや子供とテーマパーク行った写真をＳＮＳにあげたりしてると、うらやましくなる。オレも、早く結婚したい」

指輪をしていないから、独身なのだろうとは思っていたけれど、確かめていなかった。結婚しているのか、彼女がいるのか気になっても、聞いていい関係ではない。会話の中で探っていくしかないと考えていた。独身であることを喜んでしまい、マズいなと感じた。

「何にする？」ケイスケさんが言う。「好きなもの頼んでいいよ」

「えっと、どうしようかな」

フルーツがたっぷり載ったパフェなので、結構高い。できるだけ安いのを選んだ方がいいと考えると、コーヒーだけとかになってしまう。

「どれでもいいよ。こうしてサボっていても、オレは優秀なサラリーマンで、稼ぎはいいから。結婚もしてないし、休みなく働いていて、金を使うこともない」

「お休み、ないんですか？」

「基本的に、土日も仕事。休みだとしても、仕事のための資料読んでるだけ。ゴルフとか、バーベキューとか行くけど、接待《せったい》だし」

「大変なんですね」

「だから、週に一回、こうして愛ちゃんとデートして、サボるくらいしないと、やっていけない」

「サボらないで働いて、少しでも早く帰って休んだ方がいいんじゃないですか？」

「いやあ、不思議なもんで、そうしようと思っても、結局は残業するんだよね。時間無制限で、仕事が増えていく。早く帰れても、寝るだけだから。会社にいた方が話し相手がいて、いい気もする。男の一人暮らしは、寂しいよ」

「そうですか」

今の会話で、同棲《どうせい》している彼女がいないことも、確認できた。かなり忙しいみたいだし、彼女はいないのかもしれない。

「オレ、メロンパフェにしよう。愛ちゃんは？　どうする？」

メロンパフェは、他のパフェより更に高くて三千円もする。静岡県産の高級マスクメロンを使っている。でも、どれも高いのだし、遠慮せずに好きなものを頼むというのも、男性に対するマナーだろう。

「えっと、わたしもメロンにしようかな」

「じゃあ、決まり」ケイスケさんは、店員さんを呼んで、メロンパフェを二つ注文する。

店員さんは、席を離れる時に、わたしを見た。

「わたし、汚いですよね？」

「えっ？　どうしたの？」

「ケイスケさん、キレイな格好してるのに、わたしこんなんで」

キレイな方の服を着てきたけれど、流行りの服を着た女の子たちに囲まれると、みすぼらしさが目立つ。

「オレは、別に気にならないけど」

「髪も全然切ってないし、服も買えなくて」

「買ってほしいってこと？」

「違います。ごめんなさい」

「次は、服買いにいこうか？」

「いいえ、気にしないでください。変なこと言ってしまって、本当にごめんなさい」

「愛ちゃんは、おもしろいよな」笑顔になって、ケイスケさんは言う。

「おもしろくなんてないです」

「ああいうところにいる子は、どうにかしてもっとお金出させようとか考えるもんじゃないの？」

「うーん、そうですね。でも、もらいすぎると、悪いなって思います。あと、もらいすぎた後には、トラブルが起きたりもします」

「トラブル？」

「カラオケ行って一万円もらったことがあったんですけど、その次に来た時に、この前一万円あげたんだから、って言われたり。相場以上の額には、見返りを期待されるのが当然なんですよね」

「そっか」考えこんでいるような顔で、窓の外を見る。

横顔に見惚《みと》れてしまう。

好きになってはいけないと考えると、転げ落ちていきそうだ。タイプだということは認めた上で、ファンくらいの気持ちでいた方がいい。

「さっきのさ、おかしかったよな」ケイスケさんは、わたしの方を見る。

「……さっきの？」

「ホテルに行くかどうするかっていう話」周りを気にしたのか、小声になる。

「ああ、なんか、すいません」

「謝らなくていいよ。オレが悪かった。関係性をどうやって進めればいいかわからなくて、焦ってしまった。会社の同僚とか、飲み会で知り合ったとかだったら、何度かデートして、お互いにそういう雰囲気になって、っていう感じで進んでいくじゃん」

「はい」

「でも、愛ちゃんに対しては、そういう進め方だと、無理なんだろうなって思って。全ては、交渉から始めないといけない」

「そうですね」

「それにしたって、もっと空気読めってことだよな。愛ちゃんには、他にもこうして会う男はいるのに、自分が特別なように勘違いした」

「いや、うーん、そうですね」

ここで、「ケイスケさんは、特別です」と言っても、営業トークに思われるだけだろう。

「さっきみたいなことは二度と言わないから、これからも、こうしてお茶飲んだり、ごはん食べにいったりしてほしい」

「もちろん」

「でも、いつまでもっていうわけにはいかないのか」

「なんでですか？」

「愛ちゃん、ずっと、こういうことつづけるの？」

「ああ、そうですね」

出会い喫茶に行かなくなったら、ケイスケさんとも会えなくなってしまう。わたしが出会い喫茶に行かないでも、ケイスケさんと個人的に連絡を取り合えばいいのではないだろうか。だが、それは、関係性が混乱する。友達でもないし、恋人候補でもない。お金をもらいつづけるのも、おかしいだろう。

「その時はその時で、考えよう。やめることになったら、ちゃんと教えて」

「はい」

「来週、水曜日の午後に行けると思うから、待ってて。それで、服買いにいこう。知り合いの美容院も紹介する。その日は夜も会って、ごはん食べよう」

「えっと、あの」

「調子に乗りすぎた」恥ずかしそうにする。「一日に二回も会ってられないよな」

「大丈夫です。何回でも、会えます。けど、洋服も美容院もっていうのは、悪いです」

「オレがお金出したいだけだから、気にしないで」

「……でも」

「自分の好きな女の子に、好きな服着せて、好きな髪形にして、好きな店に行く。悪いおっさんになったみたいで、良くない？」

「うーん」

「せっかくだから、そういう経験させてよ」

「はい」

ケイスケさんがそうしたいと言ってくれているのだから、甘えればいいのだろう。何年も一緒にいられる人ではない。短い間だとしても、彼をわたしの「神さま」と考えて、楽しい時間を過ごさせてもらおう。

「先に今日の分、払っておく」カバンを開けて、ケイスケさんはお財布を出す。「五千円でいい？」

「パフェ代で充分ですよ」

「しつこいなあ」笑いながら言う。「オレが払いたいんだから、もらって」

「ありがとうございます」笑顔を返そうとしても、うまく笑えなかった。

五千円札を両手で受け取る。

そのお金を見ていたら、胸が痛んだ。

二万円のわたし

約束通りケイスケさんは、水曜日の午後に出会い喫茶に来た。

デパートに一緒に行き、白地に黄色い小花柄の膝丈のワンピースと白のサンダルを買ってもらった。わたしの趣味ではなくて、ケイスケさんが選んだ。もっとシンプルなものがいいと思っても、わたしは希望を言える立場ではない。新しい服が手に入るのだから、どんなものでも、ありがたく受け取るべきだ。

一度別れて、わたし一人で、ケイスケさんの知り合いの美容院に行った。美容師さんは男性で、四十歳くらいに見えた。どこで知り合ったのか気になったけれど、聞くべきではないだろう。向こうも、わたしとケイスケさんの関係を聞いてこなかった。髪を肩の少し下ぐらいまで切り、メイクもしてもらえた。

久しぶりにかわいい服を着て、髪をセットした。

鏡にうつった姿に、驚いた。

キレイになっていたからではなくて、その逆だ。

漫画喫茶で鏡を見た時、肌が荒れたとか、表情がキツくなったとか、老けたとか感じていた。けれど、ちゃんとした格好をすれば、元に戻れると思っていた。

でも、そんなことはないんだ。

ホームレスになってから半年くらいの間に染みついてしまったものは、簡単に元に戻せない。

夏が終われば、二十七歳になる。

もう若くなくて、このまま老けこむ一方なのだろう。

気分が落ちこんでしまい、買ってもらったワンピースもサンダルも脱ぎたくなった。

汚い服を着たままでいれば、現実を見ないで済んだ。

切った髪はどうしようもないけれど、せめてメイクを落としたいと思っていたら、ケイスケさんが美容院に迎えにきた。

ケイスケさんは、かわいいと言ってくれた。イタリアンレストランで食事している間も、ワンピースもメイクもすごくいい、と言って嬉しそうにしていた。その顔を見ていると、さっき美容院で見た時は明るい照明のせいで老けて見えただけで、本当は派遣で働いていた頃の姿に戻れているんじゃないかという気がした。しかし、トイレの鏡にも、美容院と同じわたしがうつった。

食事を終えて、イタリアンレストランを出る。

路地裏にある一軒家を改装した隠れ家という感じの店だ。コースだったので値段を見ていないが、すごく高いんじゃないかと思う。洋服代、美容院代、食事代、ケイスケさんは今日一日で何万円使ったのだろう。

「ごちそうさまでした」隣を歩くケイスケさんに言う。

「あっ、今日の分、払ってなかったね」カバンからお財布を出す。

「えっ！　いいですよ」

「そういうわけにいかないでしょ」

「ワンピースとサンダルが今日の分っていうことで、充分です」

「それは、オレがプレゼントしたくて、付き合ってもらっただけだから。お金、困ってんでしょ？」

「……はい」

「ああいうところでお金を稼ぐ女の子を軽く見るつもりはないよ。性風俗みたいなサービスがあって、助かってる男もいる。尊敬に値する女の子たちだと思う。でも、できるだけ早く、愛ちゃんには出会い喫茶に行くのをやめてもらいたい。オレ以外の男とは、会わないでほしい」

「はあ」どう返したらいいかわからず、間の抜けた返事をしてしまう。

そこまで言うのならば、恋人として、付き合ってもらいたい。

ケイスケさんが彼氏になり、一緒に暮らしてくれれば、わたしはホームレスから脱することができる。いい会社に勤めているみたいだし、広いマンションに住んでいるのだろう。女の子一人くらい、部屋に置けるんじゃないかと思う。

でも、何万円も使っても、彼にわたしと付き合うという意思はなさそうだ。

そういう意思があれば「できるだけ早く」なんて言わず、「今すぐやめて」と言って、どうしたらいいか考えてくれるだろう。

「今日も、漫画喫茶に泊まるの？」ケイスケさんが聞いてくる。

「はい」

「近くまで送る」

「あっ、でも、駅のコインロッカーにスーツケースを預けてるので、取りにいかないといけないんです」

「……スーツケース？」眉間に皺《しわ》を寄せる。

「そこに荷物を全部詰めてます」

「そっか、そういう生活なんだ」

今までに、漫画喫茶で寝泊りしていることは言ったけれど、詳しく話していなかった。話せば話すほど、彼とわたしの生活の差を感じる。だから、これ以上は聞かないでほしい。

恋人になれなくても、二人でいる間だけは、夢を見ていたい。

「じゃあ、駅まで一緒に行こう」

「はい」

「これ、今日の分」お財布から五千円札を出す。

「すいません、ありがとうございます」お金をもらい、バッグからお財布を出す。バッグまで買ってもらうのは悪いので、結婚式にもお葬式にも使っていた黒のバッグを持ってきた。スーツケースの奥底に詰めこんでいたから、歪《ゆが》んでいる。新しいバッグを持てば、もう少しマシに見えるようになるんじゃないかと思うが、その程度の問題ではないだろう。

駅に向かって歩きつづけ、角を曲がったところで、ケイスケさんは立ち止まる。

「どうかしました?」わたしから聞く。

「無理だよね?」ケイスケさんは、少し先を指さす。

そこには、ラブホテルがある。

この辺りはラブホテルが多くて、何軒かつづいている。

そのうちの一軒に、四十過ぎのおじさんと二十歳くらいの女の子が入っていく。恋人同士には見えないので、ワリキリだろう。

これだけ色々としてもらったんだから、断る権利なんてないように思える。しかし、ケイスケさんは、ホテルに行くために、これだけのことをしてくれたわけではないだろう。他の女の子が相手ならば、彼がここまでしなくても、ホテルに行ける。

「愛ちゃん、ここまでするのは、君が好きだからだよ」わたしの目を見て、ケイスケさんは言う。

「それは、どういう好きなんですか?」

「言わないと、わからない？」

「いや、えっと」

二人の関係が進むのを止めているのは、わたしなのだろうか。わたしがケイスケさんの誘いにうなずけば、それでいいだけのことなのかもしれない。会社の同僚や飲み会で知り合った人が相手で、何度かデートした後にここまで言われたら、付き合おうと決心できる。知り合い方が違っただけで、そういうことと同じだと考えればいい。中学生や高校生じゃないんだから、改まった告白をして付き合いはじめるなんてことはほとんどなくて、ここまで言ってくれる人はなかなかいない。はっきり「好き」と言ってもらえたんだから、安心していい。

そう考えても、うなずけなかった。

ケイスケさんの「好き」は、わたしの望んでいる「好き」とは、違う。

「ごめんなさい」

「どうしても、無理？」ケイスケさんは、寂しそうに見える表情になる。

「……はい」

「やっぱり、送らなくていい？　今日、これ以上一緒にいるのは、辛い」

「すいません」

先に歩いていくケイスケさんの後ろ姿に、頭を下げる。

もう会いにきてくれなくなるかもしれない。

わたしは、間違ったのだろうか。

コインロッカーから出したスーツケースを押して、漫画喫茶に戻ろうとしていると、後ろから腕を引っ張られた。

前にも同じことがあったと思いながら振り返ると、山本さんがいた。メイクや服装は、この前会った時と同じ感じだけれど、髪はストレートになっている。

「どうしたの？　変な服着て」山本さんは、手をはなす。

「……変？」

「かわいすぎて、気持ち悪いよ」

「うーん」

「新しいよね？　どこで手に入れたの？」

「……買ってもらった」

「誰に？」

「出会い喫茶に来た人」

「へえ」

「このワンピース、そんなに変？　気持ち悪い？」

「すっごいかわいいけど、趣味悪いっていう感じもする。愛には似合わない」

この前、山本さんはわたしのことを「水越さん」と、苗字で呼んでいた。いつから

「愛」になったのだろう。どう呼ばれてもいいのだけれど、少し気になった。わたしも、山本さんを「由美」と呼んだ方がいいのだろうか。それとも、この街では「ユリ」と呼ぶべきなのだろうか。

「これがいいって、愛が言ったの？」手を伸ばしてきて、山本さんはワンピースの袖を引っ張る。

「違う。相手の趣味」

「愛には、もっとシンプルな方が似合うんじゃない？」

「自分でもそう思うけど、お金払ってもらうのに、言えないじゃん」

似合わない服を着ているから、鏡を見た時、全然キレイになっていないと感じただけなのだろうか。メイクも、チークやリップにピンクを使った清楚《せいそ》系で、わたしには合っていない。

「相手の男、どういう人なの？」

「なんか、お金持ってそうな感じ」

「おじさん？」

「ううん」首を横に振る。「三十代前半だと思う」

「ここで話すより、居酒屋でも行こうか？」

「ごはん食べてきたから、お腹すいてない」

「じゃあ、彼氏の働いてるホストクラブ行く？」

「それは、ちょっと……」

「なんで？」

「うーん。居酒屋でいいや。軽く飲もう」

ホストクラブに行くのは、危険な感じがする。自分は絶対にはまらないと思っても、自信がない。出会い喫茶にいたり風俗店で働いたりしている中には、ホストに貢ぐためのお金を稼いでいる女の子もいるようだ。山本さんだって、彼氏と付き合うまでに「すっごい貢いだ」と言っていた。それは、いくらぐらいなのだろう。何万円ではないし、何十万円でも足りなくて、何百万円とかだと思う。バンドやアイドルの追っかけのために、お金が必要という女の子もいるらしい。

身体を売る理由は、貧困だけではない。

けれど、お金が欲しいという思いは一緒で、根本は同じという気がする。

「この前のところで、いいよね？」山本さんは、先に歩いていく。

「うん」スーツケースを押して、わたしも後を追う。

まだ水曜日なのに、飲み歩いている人が多い。

もうすぐ二十二時になる。

ネオンの輝く街は明るくて、気温が下がらない。

毎日暑いけれど、来月になって梅雨に入れば、少し涼しくなるだろう。寒いのは辛かったが、暑いのもきつい。外を歩くだけで、体力が奪われていく。夏になるまでに、どうにかしてこの街から出たいと思っても、無理としか考えられない。ケイスケさんがわたしの「神さま」になって、ここから連れ出してくれるという手段しか思いつかなかった。

酔っ払って騒ぐ人たちの間を抜け、居酒屋の入っているビルまで行き、エレベーターに乗る。

居酒屋は混んでいたけれど、満席というほどではなくて、すぐに入れた。席に着き、山本さんは生ビールと軟骨《なんこつ》の唐揚げを頼み、わたしはハイボールを頼む。

「どういう男なの？」灰皿を自分の前に寄せて、山本さんは煙草に火をつける。

「詳しくは聞いてないけど、結構いい会社に勤めるサラリーマンだと思う。お金がありあまってるみたい」

「それって、ワリキリやってんの？」

「やってないよ」

「茶飯だけ？」

「うん」

「それで、そんなワンピース買ってくれたの？」

「サンダルも買ってもらったし、美容院代も出してくれた」

「ええっ！　いい人じゃん」

ビールとハイボールが運ばれてきたから、乾杯して一口飲む。

「いい人なのかなあ?」

「あっ、かっこ悪いとか? 彼女いたことないんだろうなっていう感じ?」

「そんなことない。かっこいいし、優しい人。普通に、もてそう」

「なんで、そんな人が出会い喫茶に来てんの?」

「最初は、どういうところか興味があって、来たらしい。その後も来るのは、息抜きだって言ってた。仕事、すごく忙しいみたいだから」

「それだったら、茶飯だけってことないでしょ」山本さんは、煙を吐き出す。「ワリキリした方が息抜きにも、ストレス解消にもなる」

「うーん」

「何回も、来てんの?」

「この一ヵ月半くらい、週に一回は来てる」

「その人、本気で愛のことが好きなんじゃない?」

「そう思う?」わたしは思わず、身を乗り出してしまう。

「だって、ワリキリできる若い女の子なんて、いっぱいいるんだよ。それなのに、愛を指名しつづけて、ワンピース買って、美容院代まで出してくれたんでしょ?」

「うん」

「好きじゃなかったら、そこまでやってくれないよ」

「実はね、さっき、好きって言われたんだ」

浮かれているみたいに見られそうだから、言わない方がいいと思ったのに、我慢できなかった。

「良かったじゃん。付き合うの？」

「断っちゃった」

「なんで？」

「知り合ったのが出会い喫茶だったから、恋愛感情をどこまで真剣に受け止めていいかわからなくて」

「そんなこと、気にしなくていいよ。わたしと今の彼氏だって、出会いはホストクラブだったけど、結婚を考えてマジメに付き合ってる。知り合い方なんて、問題じゃないよ。そこから、二人がどうしていくかでしょ」

「そっか、そうだよね」

「わたしの他にも、ホストと付き合ってる子なんて、いっぱいいるよ。キャバクラで働いて、お客さんと付き合ってる子もいるんだから、珍しいことじゃないよ」

わたしはまた、失礼なことを考えてしまっていた。

ケイスケさんは、出会い喫茶で知り合ったことなんて気にせず、わたしが好きだと言ってくれたんだ。そして、知り合い方を気にするのは、出会い喫茶やこの街で働いている人たちに対する差別だ。悪いことをしているわけではないのだから、堂々としていればいい。

「彼氏と結婚するの？」わたしから聞く。

「三十歳になったら、結婚する。こういう生活をするのは、二十代のうちが限界って感じだから。あと三年と少しのうちに、貯められるだけお金貯めて、ネイルサロン開業する」

「……ネイルサロン？」

「彼を社長にして、チェーン展開するの」

「ネイルの勉強してるの？」

「そんなん独学でなんとかなるよ。これも、自分で塗《ぬ》ったんだ」

山本さんは爪が見えるように、わたしの目の前に手を広げる。

金色のラメがギラギラ光っている。

ラメ入りのマニキュアを使えば、これくらいはわたしにもできる。

この程度の技術で、ネイルサロンは開業できないだろう。人を雇うとしても、経営者に徹《てっ》することができるほど、山本さんが勉強しているとも考えられない。高校を中退しているからというのは偏見《へんけん》でしかないとしても、金銭感覚がまともなようには見えなかった。

無理じゃないかと思うが、希望を持つのはいいことだ。

希望があれば、生きつづけられる。

「ネイルサロン開業したら、教えてね」

「うん」嬉しそうな笑顔で、山本さんはうなずく。

笑った顔は、高校生の頃の山本さんのままだ。

サチさんは「付き合わない方がいい」と言っていたけれど、悪い人ではないと思う。


山本さんと別れて、漫画喫茶に行こうとしたら、シネコンの前にナギがいた。

もうすぐ日付が変わる時間だ。

こんな遅くまでいることは、珍しい。

「愛ちゃん」ナギもわたしに気がつき、手を振ってくる。

なぜかわからないけれど、慕《した》われているようだ。笑顔で手を振っている姿を見ると、同情してはいけないと思いながらも、どうにかしてあげたくなる。

「今日の神さまは？」スーツケースを押して、ナギのところまで行く。

「すっぽかされちゃった。もう遅いし、今日は無理かも」

「神さまが見つからない日は、どうしてるの？」

「どこか眠れるところを探す。神社とか公園とか。それか、補導されないように、朝まで歩きまわる」

「漫画喫茶とか行かないの？」

「入れないもん」長い髪を揺らし、ナギは首を横に振る。

「なんで？」

「十六歳だって、前に言ったじゃん」

「あっ、そっか」

東京都の条例で、十八歳未満は二十三時以降に漫画喫茶や映画館に、入ってはいけないことになっている。入った場合、その施設の経営者に罰金が科せられる。カラオケボックスやゲームセンターはもちろん、ファミレスとか健康ランドとか、深夜営業している店のどこにも入れない。

どこか安全に泊まれる場所がないか考えてみるが、ホテルしか思いつかない。この街には、ラブホテルだけではなくて、ビジネスホテルもある。

けれど、そこも、十六歳の女の子一人では、保護者の承諾が必要になる。

わたしが一緒ならば大丈夫だと思うけれど、そんなお金はない。居酒屋だって、山本さんに奢ってもらった。さっきケイスケさんにもらった五千円では、一泊分にも足りないだろう。茶飯では全然外出できなくて、貯金はゼロに近い。このままでは、スマホの通信費が払えなくなり、日雇いバイトにも戻れなくなる。ナギに、一緒にホテルまで行ってあげるからお金は自分で出して、とは言えない。

ナギは、補導されて、警察のお世話になった方がいいんじゃないかと思う。家には連絡せず、保護してくれる場所を紹介してもらえるのではないだろうか。でも、もしも親元に帰らされたら、また同じことの繰り返しになる。彼女の話をちゃんと聞いて、適切に対処してくれる人が必要だ。

こういうことを考えると、必ず雨宮のことを思い出す。

区役所の福祉課に勤める雨宮ならば、虐待についてもわかっているはずだ。たとえ自分の勤め先とは関係がない場所で起きたことでも、ナギがこれ以上辛い思いをしないように、適切に保護する方法を考えてくれる。

しかし、雨宮からは、もうずっと連絡がない。

たとえこの街を出られたとしても、雨宮や他の友達と会うことは、二度とないのだろう。

「愛ちゃん、今日の服、かわいいね」ナギは、わたしの着ているワンピースを、上から下まで見る。

「ああ、うん」

「買ったの？」

「ううん。買ってもらった」

山本さんと話した時には、なんとも思わなかったのに、ナギにワンピースのことを話すのは、恥ずかしかった。

わたしは、彼女よりも十歳上のいい大人だ。

それなのに、まともに稼ぐこともできず、よく知らない男の人にお金をもらっているなんて、みっともない。大人がしっかりしなければ、ナギみたいな子を守れる世の中になんてならない。この街でお金を稼いでいる女の子たちを下に見てはいけないし、みっともないなんて考えるべきではない。そう思っても、恥ずかしさで、胸の奥が苦しくなる。

やっぱり、女であることや若さを売るのは、やめなくてはいけないことだ。

自分のことや出会い喫茶にいる女の子たちのことを考えると、何が正しいか、わからなくなる。男の人からお金をもらい、それで生活ができるのだから、いいんじゃないかと思う。ホストクラブに通ったり、バンドやアイドルの追っかけをしたりしている女の子たちは、もらったお金で好きな男の子に会えて、幸せな思いをしている。でも、同じ額を違う仕事で稼げれば、もっと幸せになれる。

今日、ケイスケさんからもらった五千円よりも、日雇いバイトでもらったお金の方が大切に感じられて、後ろめたさもなかった。男の人にお金をもらうようになってからずっと、ホームレスなんだからしょうがない、と自分に言い訳しつづけている。

お金が欲しいと思っている女の子たちが、女であることや若さ以外のものを売れるようにならなければ、これから先もナギみたいな子は出てくる。

「サチさんのとこに行けば？」わたしからナギに聞く。

他に、解決手段が思いつかなかった。

「うーん、前は、こういう時に何度かサチちゃんの家に泊めてもらったことあるよ」

「そうなんだ。じゃあ、今日も、そうすれば？」

「サチちゃんに電話したけど、繋がらなかった」

「えっ？」

「今日、出会い喫茶にいた？」

「いなかった」

昨日も、一昨日も、サチさんは来ていない。その前の土日も来なかったから、五日連続で、来ていないということだ。今まで、そんなに来なかったことはないと思う。電話が繋がらないなんて、何かあったのだろうか。

「心配するようなことじゃないよ」ナギが言う。

「なんで？　どうして電話が繋がらないか、知ってるの？」

「知らないけど、よくあることだから」

「よくあること？」

「この街にいる女の子は、ある日突然、いなくなっちゃうじゃん。いなくなったっていうことは、彼氏ができたとかお金を稼がないで良くなったとか、そういうことだよ。サチちゃん、かわいいし、彼氏ができたんじゃないかな」

マユがいなくなった時、出会い喫茶の店員が「別の店か男のところじゃないの」と、軽く言っていた。ナギの言うように、よくあることで、騒ぐことではないのだろう。

あれから一度も、マユと連絡をとっていない。彼氏と楽しく暮らしているのだろうか。それとも、いつかまた、この街に戻ってくるのだろうか。いなくなった時にはむかついたけれど、楽しく暮らしていてほしいと思う。本名かどうかも知らないし、マユのことなんてどうでもいい。ただ、ここから抜け出せる人もいるという希望を持ちたい。

「逆の人もいるけどね」ナギが言う。

「逆？」

「借金増えすぎて、どうしようもなくなって、逃げなきゃいけなくなった人」

「うーん」

「サチちゃんは、借金してなさそうだから、大丈夫だよ」

「そうだね」

サチさんは、お金を借りるための手続きも、理解できないだろう。家に行った時も、冷蔵庫の中がいっぱいだったくらいで、お金をすごく使っている感じではなかった。しかし、男に借金を背負わされている可能性はある。キララちゃんのパパは、借金取りから逃げたと話していた。明日の朝にでも、アパートに様子を見にいこうかと思うが、わたしが行ったところで、何ができるわけでもない。

「漫画喫茶、行かないの？」

「行く。そこの漫画喫茶にいるから、何かあったら、おいで」

「何かって？」ナギは、首をかしげる。

「怖いこととか、寂しいこととかあったら」

同情でしかないかもしれないけれど、ナギが朝まで一人でいることを考えると、心配になる。この街にいて、ナギは嫌な思いだって、たくさんしているだろう。でも、そんな風に思えないくらい、純粋だ。いつ会っても、笑顔で「愛ちゃん」と、声をかけてくれる。知り合う前は、大人っぽい子だと思っていた。けれど、こうして話すようになってからは、同年代の女の子よりも子供だと感じるようになった。

他の十代の子たちがナギに近づかないのは、この純粋さが理由なのかもしれない。素直で、子供みたいに話すことを、同年代の子は鬱陶しく感じそうだ。

「寂しいことなんて、何もないよ」笑いながら、ナギは首を横に振る。

「本当に？」

「だって、寂しいなんて、意味ないもん」

「どうして？」

「お母さんとお父さんに会いたいって思うけど、家を出たのは自分だから」

「……お父さんに会いたいって、思うの？」

「うん」ナギは、大きくうなずく。

「だって、ベッドに入ってきたんだよね？」

「それで、家を出たんじゃないもん。お母さんとお父さんがけんかするようになったから、その原因のナギは、いない方がいいって思ったんだもん。お父さんは、悪くないよ」

それは、そう思いたいだけなのではないだろうか。性的虐待という事実を認められず、違う理由に逃げている。テレビだったか、大学の授業だったか、何かで、そんな話を聞いたことがある。でも、どういう話だったか憶えていないし、わたしはカウンセラーでもなんでもないので、それは違うんじゃない、とか言わない方がいい。中途半端な知識で何か言っても、彼女を混乱させるだけだ。

ナギは、嫌なことから逃げるために、純粋な子供のままでいようとしているのかもしれない。

「とにかく何かあったら、漫画喫茶に来て、受付のお兄さんに、愛ちゃん呼んで、って言えばいいから」

「愛ちゃん、愛ちゃんなんだ」

「そうだよ。愛ちゃんは、どこに行っても愛ちゃんだよ」

「ナギも、ナギだよ」

「……そうなの？」

「そう」笑顔で言い切る。

嘘をつく子ではないから、本当なのだろう。

「じゃあね、ナギ」

「じゃあね」

大きく手を振るナギに、手を振り返す。

朝になって、外に出たら、ナギはシネコンの前からいなくなっていた。お昼すぎに出会い喫茶を出て見にいっても、いなかった。サチさんは、出会い喫茶に来なかった。
金曜日の夕方、シネコンの前で、ナギと会った。サチさんは、出会い喫茶に来ないまま
で、電話も繋がらない。

†

男の人からお金をもらうのは良くないことだと感じつつも、日雇いバイトには戻らず、出会い喫茶に来つづけている。

ケイスケさんに買ってもらったワンピースを着たら、前よりも茶飯で外出できるようになった。女から見ると、かわいすぎて趣味が悪いと感じる服も、男性にはただ単にかわいく見えるようだ。似合わないと思いつつ、メイクも清楚系にしている。出会い喫茶の店員から「やれば、できるじゃん」と言われた。褒められた気はしなかったが、努力が認められたのだろう。

三千円しかくれない人でも、一日に三人と茶飯で外出すれば、九千円になる。かわいいフリをしていれば、五千円もらえることもある。

意地を張っていないで、最初からこうしていればよかったんだと思うのと同時に、自分への言い訳が増えていく。

九千円以上もらえれば、日雇いバイトに行くより、多く稼げる。アパートを借りるお

金が貯まるまでのことだ。男の人とごはんを食べたり、お茶を飲んだりしているだけだ。悪いことは、何もしていない。同じことをやってる女の子は、たくさんいる。わたしがニコニコして話を聞いていれば、男の人は喜んでくれるんだから、それでいいんだ。

どの言い訳も、間違っているとしか感じられない。

鏡の中で待つ間、前はサチさんと話していたから、気が紛れた。サチさんがいなくなり、お喋りする相手がいなくなった。考えごとに集中すると、眉間に皺が寄って怖い顔になる。何も考えず、鏡の向こう側にいる男性に顔が見えるように、視線を下げないで眺めるみたいにして、雑誌を読む。

今はとにかく、お金を貯める。二十万円くらい貯まったら、また考えればいい。

だが、二十万円貯まったら、もっと欲しいと感じるだろう。一ヵ月くらい前は、二十万円以上持っていたのに、まだまだ足りないと考えていた。今は十万円を切り、ゼロが近づいてきているから、アパートを借りられるお金があればいいと思えているだけだ。たくさんお金があったら、いいアパートを借りられるし、資格を取ったりもできて、余裕をもって就職活動ができる。逆に、お金がなければ、またすぐにホームレスに戻ることになるかもしれない。その心配をしないでもいいように、たくさんお金が欲しい。

しかし、もっと、もっと、と願う気持ちには、果てがない。

どれだけお金があれば、裕福だと感じられて、満足できる生活を送れるのだろう。

母の治療費を父に請求していた中学生の頃からずっと、わたしは「お金がない」と思いつづけている。

「愛ちゃん、お願いします」店員に呼ばれる。

「はあい」雑誌を置き、鏡の外に出る。

タイマーと男性の自己紹介カードをもらって、席に行こうとしていたら、別の席のカーテンが開いて男性と女の子が出てきた。

「あっ」男性は、わたしを見る。

ケイスケさんだった。

ワンピースを買ってもらってから二週間近く経ったが、ケイスケさんは一度も来なかった。なので、もう来ないのだろうと思っていた。

「こんにちは」どうしていいかわからず、普通のあいさつをしてしまった。

「愛ちゃん、あの、その、これは」

「大丈夫です。気にしないでください。わたしも、他の男性から指名が入ってるので」

「いや、でも、えっと」

ケイスケさんと一緒に出てきた女の子は、何か言いたそうにしながらも黙って、わたしを見ている。

最近来るようになった子で、アイドルの追っかけをしているらしい。地方のライブに行くための交通費やチケット代が欲しいということを、待機中に他の女の子たちと話していた。まだ二十歳で、ワリキリをやっている。十代の頃から、そうしてお金を稼いでいたようだ。白やピンクのワンピースを着ていて、そんな感じには見えないからか、男性には人気がある。

ホームレスになる前だったら、「そんな理由で、身体売らないでしょ」と考えたけれど、今は特に疑問を感じない。

彼女たちにとって、ここに来る男性は、お金にしか見えないのだろう。

わたしだって、同じだ。

その中で、ケイスケさんのことだけは、違うと思っていた。

でも、ケイスケさんは、そこまで考えてくれていなかったということだ。わたしがいつまでも茶飯だけと言うから、ワリキリできる女の子を選ぶことにしたんだ。

「どうかしました？」店員が声をかけてくる。

「あの、外出なしで」ケイスケさんが言う。「それで、愛ちゃんと話したいんです」

「愛ちゃん、今、他の指名が入ってるんで」

「待ちます」

「どうする？」わたしを見て、店員が言う。

「とりあえず、指名してくれた人のところに行きます」

「待ってるから」真剣な表情で、ケイスケさんはわたしの目を見る。

目を逸らし、わたしは男性の待つ席に行く。

話に集中できるはずがなくて、ぼんやり返事をしていたら、すぐに「他の子にする」

と言われた。

カーテンを開けると、店員がそこで待っていた。

自己紹介カードを返し、ケイスケさんの自己紹介カードをもらって、席に行く。

「お待たせしました」ケイスケさんの隣に座る。

「ワンピース、着てくれてるんだね」

「ああ、はい」

「あの、さっきのは、誤解しないでほしいんだ」

「誤解とは？」

「オレが好きなのは、愛ちゃんだから」

「うーん」

「愛ちゃんだって、悪いんだよ」

「……悪い？」

「いつまで経っても、手も握れない。交渉しようとしても、かわされつづける。そういうの、辛いんだよ」

きっと、これが最後のチャンスだ。

断ったら、ケイスケさんは、ここに来なくなる。

いなくなったマユやサチさんと同じように、ケイスケさんとも二度と会えなくなるのだろう。

ケイスケさんと茶飯で外出するのは、楽しかった。精神的にも体力的にも苦しく感じる毎日の中で、彼といる間だけは幸せでいられた。彼が好きだから、お金をもらうたびに胸が痛んだ。

ちゃんと話したいと思っても、「茶飯で」というのは、もう無理だ。たとえ、今日は茶飯でいいとしても、次はホテルに行くことになる。

それならば、今日行くのだって、同じことだ。

ためらう気持ちは、まだ少しある。

けれど、彼が来ない毎日を耐えていけるとは思えない。

「いいですよ」

「えっ？」驚いた顔をして、ケイスケさんはわたしを見る。

「ホテル、行きます」

ラブホテルなんて、久しぶりに来た。

文房具メーカーの経理部の人と飲み会の帰りに入って以来だ。終電がなくなり、家が近所だから一緒にタクシーで帰ろうとしても、なかなかつかまらなかった。どうするか話すうちに、そういう雰囲気になって、近くのラブホテルに行くことになった。それがきっかけで付き合いはじめた。

あの時に比べたら、今回はよく考えたし、時間もかけた。

今思えば、経理部の人をそこまで好きだったわけじゃない。彼は正社員だし、年齢も近いし、かっこ良くも悪くもないから、ちょうど良かっただけだ。向こうも、わたしをそう思っていただろう。その前に付き合った彼氏も、どうして好きだったのか、よく思い出せない。

わたしは、ケイスケさんが本気で好きだから、迷ったんだ。

ホテルに入り、わたしは先にシャワーを浴びた。

薄っぺらくて丈の短いバスローブがあったので、それを着て、ケイスケさんがシャワーを浴び終えるのを待っている。

バリ風の南国リゾートというコンセプトのホテルだ。どんなにリゾートを装っても、磨りガラスの窓に開放感はない。縦にも横にも寝られる大きなベッドには、レースのカーテンみたいな、天蓋《てんがい》がかかっている。薄暗くて、全体的に安っぽい。バリなんて、行ったこともないし、どんなところなのかもよくわからないが、こんなのではないだろう。

テレビでも見ようかと思ったけれど、ベッドの上に座り、黙って待つことにした。

この後のことを思うと緊張するし、話すことを頭の中でまとめたい。

彼の気持ちを確かめて、わたしの気持ちを伝えて、今後のことを相談する。ワリキリにするのかどうか、そこでまた話した方がいい。付き合うということになれば、お金はもらえない。けれど、お金は必要だから、今日はワリキリということにして、最低でもいちごは欲しい。

ホテルには、三時間の休憩料金で入った。
でも、ケイスケさんは、もっと早く会社に戻らないといけないだろう。
シャワーを浴びる前に、話せばよかったのかもしれない。それか、夜時間がある日に、
また会うとかにすればよかった。しかし、日が経つと、気持ちが変わってしまうことも
ある。
時間がなくても、今日中に、ちゃんと話した方がいい。
浴室のドアが開き、バスローブを着たケイスケさんが出てくる。

ケイスケさんは、ベッドの前に立つ。

「着替えて」

「えっ？」

「オレの買った服を着て」

「あの、その前に、話したいことがあるんですけど」

「いいから、先に着替えて」

「わかりました」

ハンガーにかけておいたワンピースを持って、浴室に入る。バスローブを脱ぎ、ワン
ピースを着る。

浴室から出ると、ケイスケさんはソファーに座っていた。

「かわいい、かわいい」笑顔で言う。

「わたしたちの関係は、これからどうなるのでしょうか?」わたしは、ソファーの横に立つ。

「関係って?」

「好きって言ってくれたのは、そういうことだと思っていいんですよね?」

「そういうことって?」

「お付き合いするとか」

「そんなわけないじゃん!」顔をくしゃくしゃにして、本気でおかしそうに笑い声を上げる。

「……そんなわけない?」

「なんで、オレが愛ちゃんと付き合うの?」

「でも、好きって、言ってくれたじゃないですか?」

「恋愛としての好きじゃないよ。ああいうところにいる中ではまともな感じがするし、オレの言うことをなんでも聞いてくれるから、出会い喫茶にいる女の子の中では、一番好きだよ」

「えっと、あの、ごめんなさい」

「何? どうしたの」ケイスケさんは、わたしの手を握る。

初めて、手を繋いだ。

わたし、この人のこと、好きじゃない。

だって、ケイスケが本名かどうかも、知らないもの。彼がどんな会社に勤めていて、どんな家に住んでいて、どんな生活をしているのか、何も知らない。友達や会社の同僚や家族に、どんな風に接する人か、想像すらできない。出会い喫茶で会って、ランチを食べたりお茶を飲んだりしながら話して、優しくしてもらえたから、好きだと思いこんだ。

そして、彼が言ったことと同じように、わたしも考えていた。

出会い喫茶に来る男性の中ではまともな感じがするから、彼を選んだだけだ。

「わたし、やっぱり、無理です」

「何、言ってんの？」手を握ったまま、彼は立ち上がる。

わたしより二十センチくらい、身長が高い。

頼りがいがあるように見えて、素敵だと思っていた身体の大きさが、今は怖く感じられる。手をはなしてほしくて、振りほどこうとしたら、強く握り返された。

「本当に、ごめんなさい。悪いとは思うんですけど、帰らせてください」

「そういうの、通用すると思ってんの？」

「思ってません。でも、本当に無理です」

「愛ちゃん、オレが君のために、どれだけ金を使ったかわかってる？」

「……はい」

食事代とかを入れると、正確な額はわからないけれど、そういう問題ではないだろう。

「別に、女の子とホテルに行くために、金を使ったんじゃないんだよ。オレ、彼女いるし、女に困ったことなんてないから」

「なんのために、お金を使ったんですか？」

「言うことを聞かせるため」わたしの目を見て、彼は笑う。

「どういうことですか？」

「そういう質問をする権利なんて、お前にはないんだよっ！」彼は、握っているのとは反対の手を振り上げる。

逃げられず、わたしは強く頰《ほお》を叩かれる。

痛さに叫び声を上げるよりも前に、二発目が飛んできた。

そのまま、ベッドに押し倒される。

「やめてくださいっ！」

「黙ってろ！」彼は、手を振り上げる。

また叩かれると思って身構えたが、その手は飛んでこなくて、ワンピースの中に入ってきた。

「やめて……」逃げようともがいても、それ以上に強い力で、身体を押さえこまれる。

「黙ってれば、すぐに終わるから。会社、戻らないといけないし」

「……お願いだから、やめてください」

「愛ちゃん」彼は、わたしの耳元で囁く。

本名なんか、使わなければよかった。

父はわたしを愛してくれなかった。けれど、母は愛情をこめて「愛」と呼んでくれた。女の子の友達や部活とかサークルの先輩も、わたしのことを「愛」と呼ぶ。雨宮も、ふざけて「愛ちゃん」と呼ぶことがあった。みんなからもらった愛を、知らない男に汚されていく。

でも、わたしが悪いんだ。

就職もできなくて、日雇いバイトに行くのが嫌で楽な方に逃げて、自立したいと思いながらも男の人に助けてもらおうとした。少し優しくしてくれただけの人を相手に、自分にとって都合のいい物語を勝手に思い描いた。こうなったのは、わたしのせいだ。

ワンピースを脱がされて、彼も裸になる。

目をつぶり、何も見ないようにする。

わたしが何も感じないようにしていれば、できないまま、終わらせられるかもしれない。

「愛ちゃん、人間の身体っていうのは、意思の力だけではコントロールできないもんなんだよ」彼は、わたしの首筋に舌を這わせ、胸を揉《も》む。「どんなにがまんしていても、痛いものは痛いじゃん。さっき、オレが叩いたところ、痛むだろ？」

「……はい」

「どんなに抵抗しようとしても、触られたら、身体は反応するものなんだ。愛ちゃんが嫌だと思っていても、気持ちいいと感じてしまうのは、止められない」

「そんな風に、感じていません」

「そんなことないだろ」胸を揉んでいた手を止めて、わたしの乳首をつまみ上げる。「もう逃げられないんだから、この状況を楽しんだ方がいい」

どうにかして逃げられないか考えるが、無理そうだ。彼の身体を蹴り飛ばして、裸のままでも部屋を出られたところで、ホテルから出るまでのどこかでつかまる。うまく蹴り飛ばせるとも、思えなかった。誰かを殴ったり蹴ったりしたことなんて、一度もない。蹴ろうとして失敗すれば、さっきよりも強く叩かれるだろう。暴力を振るわれたのだって、初めてだ。

「足、広げて」

彼に言われ、わたしは首を横に振る。

「今度は、殴ろうか？　これでも、手加減してやってんだよ」

「こんなことして、いいんですか？」目を開けて、彼を見る。

「何が？」面倒くさそうに言う。

「暴力振るわれたことをわたしが訴えれば、会社での立場とか、彼女との関係とか、悪くなるんじゃないですか？　強姦されたとまでは言いませんけど、なんらかの罪にはなるんじゃないでしょうか？」

「訴えて、君の立場は悪くならないの？　ホームレスになって、出会い喫茶でお金稼いで、ワリキリやるっていう約束でホテルに入ったのに、やっぱり嫌になって抵抗したら、叩かれた。警察に行って、そう話さなくてはいけない。裁判になったりしたら、傍聴席《ぼうちょう》にいる全員に聞かれる。それで、いいの？」

「それは……」

サチさんは、ヤバい人もいると話していた。これは、よくあることなのだろう。もっと危ない目に遭うこともあるのだと思う。出会い喫茶は、出会いの場を提供しているだけで、店の外でのトラブルには対応してくれない。助けてくれる人は誰もいなくて、女の子たちは訴えられずにいる。

ここまでされても、我慢しなければ、お金は手に入らないのだろうか。

「ゴムしないけど、いいよな？」彼は、わたしの足の間に手を入れる。

「……よくないです」一気に血の気が引く。

「金は、多めに払う」

無理矢理と思える強さで、彼はわたしの足を開き、中に入ってくる。

コントロールできないとしても、強すぎる意思を持てば、何も感じなくなるんじゃないかと思う。恐怖心で息苦しくなり、気持ち良さなんて少しも感じない。痛いとも、感じなかった。ただ、わたしの中で、何かが動いているだけだ。

「中に出すから」

「やめてっ！」

叫び声を上げるだけ、無駄だ。

わたしの「神さま」は、どこにもいない。


終わった後で、彼は二万円を置き、部屋から出ていった。


シャワーを浴びて、着替える。

彼に買ってもらったワンピースなんて、着たくなかったが、裸で外に出るわけにはいかない。

何も考えず、何も感じないようにして、ワンピースのファスナーを上げる。バッグからお財布を出して、テーブルに置かれたままになっていた二万円を入れる。これがどういうお金かも考えない。髪の毛も身体も洗ったのに、まだ汚れている感じがした。どれだけ洗ったところで、落ちないだろう。叩かれた頰が腫《は》れて、どこかにぶつけた痣《あざ》が左腕と右足にできているけれど、汚れているところはない。

汚いのは、自分だ。

今まで優しくしてくれたのに、急に態度を変えた彼が悪いわけではない。

お金が欲しくて、楽しようとした自分が汚い。

何社受けても採用をもらえなかった時だって、派遣で働いていてセクハラされた時だって、日雇いバイトで周りを見下していた時だって、こんな風には感じなかった。わたしは駄目な人なのだろうかと思っても、一生懸命やっていた。

ナギやサチさんみたいに、ワリキリで稼いでいる女の子たちを汚いとも思わない。彼女たちは、生きるために必死になっている。

わたしは、ホームレスになってから半年近く経つのに、現状を受け入れられず、どうにかして楽できないか願っていた。

このままではいけないと思うが、とにかく今は、何も考えない方がいい。

考えたら、ここで死にたくなってしまう。

感情を失ったロボットになったような気持ちで、重く感じる身体を動かし、身支度を済ませる。

バッグを持ち、部屋を出て、エレベーターで一階に下りる。

外は、まだ明るかった。

急な雨が降ったのか、道路が濡れている。

空は、夕焼けが広がり、真っ赤だ。

ラブホテルの並ぶ通りに、ぬるく湿った風が吹く。

歩くうちに、空は暗くなった。

ネオンがいつも以上に明るく感じられて、気持ちが悪い。周りにいる人たちの声や車の走る音、スピーカーから流れつづける警察からのお知らせも、いつも以上に大きく聞こえる。

漫画喫茶に戻る前に、駅のコインロッカーに預けたスーツケースを取りにいかなくてはいけない。しかし、そんな気力はなかった。

何もできないと感じるほど、眠い。

わたしは、極度に緊張したり、辛く感じることが起きたりすると、眠くなってしまう。母が亡くなった時だって、告別式が終わった後は、何日も眠りつづけた。眠っている間は、夢を見ていられて、現実から目を背けられる。

このまま漫画喫茶に戻り、しばらく眠りたい。

だが、何日も寝ているわけにはいかない。

二万円は、お財布に入れてきたけれど、使いたくない。ワンピースやサンダルと一緒に、今まで彼からもらったお金も、捨ててしまいたい。そうすると、残るのは、ほんの数千円だ。

明日以降も、出会い喫茶に行くしかないのかと思うと、息ができなくなる。

出会い喫茶には、また彼が来るかもしれない。

もし指名された場合、どうしたらいいのだろう。断れば、また暴力を振るわれ、脅されるかもしれない。出会い喫茶の中で殴り飛ばされることはないとしても、外で待ち伏せされたりしないだろうか。そこまでする人ではないと思うけれど、彼が何を考えているかなんて、わたしには全くわからない。

他の出会い喫茶に行けばいい。そうすれば、彼と会わないで済むし、また一周目からやり直しで新規のお客さんがつき、茶飯で稼げる。そこでも茶飯が難しくなったら、また別のところに行けばいい。移動しつづければ、茶飯だけで稼いでいけて、今回みたいなトラブルに遭わないで済む。

しかし、いつまで、そうやって生活していくのだろう。

安心して暮らせるお金は、全然貯まらない。

一生懸命、就職活動しても、派遣で働いても駄目だったのだから、自分を汚いと感じながら、身体を売るしかないのだろうか。必死になって、ワリキリをすれば、いつか汚いと感じなくなるのだろうか。一日に一人を相手にして、いちごでももらえれば、アパートを借りるのに必要な額ぐらいは、すぐに貯められる。それだけ貯まったら、やめればいい。そう思うけれど、そんなに簡単なことではない。ほんの数時間で、いちごをもらうことに慣れてしまったら、他の仕事で稼ぐことがバカバカしくなる。

金銭感覚というのは、一度狂ったら、元に戻すのは難しい。

子供の頃は、母からお小遣いに百円もらうだけでも、すごく嬉しかった。千円貯めると、お札と交換してもらえた。その千円で、何を買うか考えると、ワクワクした。

今だって、お金を大切だと思っているけれど、あの頃と同じようには考えられない。

明日、日雇いバイトの事務所を探して、登録に行こう。

それで、出会い喫茶には、もう行かない。

そうした方がいい。

やるべきことはわかっているけれど、違う方法はないか、考えてしまう。

どうしてこんな目に遭わなくてはいけないのだろう。

もっと楽して生きている人は、たくさんいるはずだ。

世の中には、わたしより大変な人がいるとわかっている。健康なだけでも、充分だ。

でも、それでも、自分に両親が揃っていて、父がもっと優しくしてくれたら、違う今があったんじゃないかという気持ちは消えない。わたしの周りにいた友達と同じように、お父さんとお母さんがいて、お金の心配なんかしなくていい家にわたしも生まれたかった。こんな思いをする前に、頼れる家族が欲しい。

人のせいにしているだけでしかなくて、自分が悪いんだ。

自分の人生なんだから、自分でどうにかするしかない。

わかっているけれど、もう何もしたくない。

「愛ちゃん」

下を向いて歩いていたら、声をかけられた。

顔を上げると、ナギがいた。

心配そうに、わたしを見ている。

「顔、どうしたの?」ナギはそう言って、手を伸ばしてくる。

「触らないでっ！」その手をはねのける。

「どうしたの？　何かあった？」

「もう声かけてこないで！」

「……えっ？」

「嫌なの！　関わりたくないの！」

ナギは何も悪くないし、こんなこと言いたくないのに、感情を止められなくなる。

あんなことが起きたのは、ナギやサチさんやマユのせいで、自分が悪いわけじゃない
と思いたかった。マユがわたしを出会い喫茶に誘わなければ、よかったんだ。サチさん
が話しかけてこなければ、よかったんだ。ナギと関わらなければ、よかったんだ。

「……愛ちゃん」どうしたらいいかわからなそうに、ナギはわたしの名前を呼ぶ。

「その名前で、わたしを呼ぶのもやめてっ！」

「だって、本名なんでしょ？　他に、なんて呼べばいいの？」

「呼ばないで！　ナギとは、もう話したくないっ！　ナギって、本名じゃないでしょ？

漫画かアニメのキャラクターからとったんじゃないの？　違う名前になって、男に身体
売って、お金もらったりなんて、わたしにはできないの！」

「……ナギはナギだよ」小さな声で言う。

「嘘つかないでよ！　この街にいる人たちは、みんながみんな、嘘ばかりついてる！

適当にうまくやって、気まずくなれば、逃げていく！　お金を稼いで、生活していくっ

て、そんなに楽なことじゃないの！」

「……わかってるよ」

「わかってないよ！　この先、どうやって生きてくの？　ずっと、男に身体を売りつづけるの？　今は、若くてかわいいからいいけど、五年も経てば二十歳過ぎて、すぐに若くなくなるんだからね！　いつまでも、こんな生活できないでしょ！」

「……そうだけど」

「だけど、何？」

どうして、こんなことを言っているのだろう。

ナギに当たっているだけだ。

彼女はまだ子供で、言い返してくることはない。

やめた方がいいと思っていたら、後ろから腕を引っ張られた。

振り返ると、山本さんがいた。

「どうしたの？」山本さんが言う。

「……えっと」言葉が出てこなくなる。

「騒いでるから、どうしたんだろうと思ったんだけど。それよりも、その顔、どうしたの？」

「えっ？」

「すごい腫れてるけど」

「あの、その、えっと」

山本さんにどう説明したらいいかわからず、言葉を失っているうちに、ナギはどこかへ行ってしまう。

人と人の間に消えるように、後ろ姿は見えなくなった。

「どうした？　何かあった？」確認するように、山本さんはわたしの全身を見る。

どうしたらいいかわからなくて、涙がこぼれ落ちた。

「ちょっと向こうに行こうか？」

山本さんに手を引かれて通りの端に行き、そこにしゃがみこむ。

「ゆっくりでいいから、深呼吸して、落ち着いて」山本さんは、わたしの背中をさする。

「トラブルに巻きこまれたりした？　そんなに腫れてるってことは、男でしょ？」

「……うん」

「愛には、向いてないんだよ。事務とか昼の仕事をした方がいい」

「……前と言ってることが違う」

「そうだっけ？」

「身体、売ればいいじゃん、って言ってた」

「ああ、そうだったね。それで、何があったの？」

「この人だったら、大丈夫って思える人がいたから、ホテルに行って」

「ワンピース買ってくれたっていう男？」

「そう」

「それで、どうしたの?」

背中を擦ってもらいながら、何があったのか山本さんに話す。考えたくないし、思い出したくもないけれど、誰かに聞いてもらいたかった。自分の胸のうちから外へ出せば、少しは楽になれるんじゃないかという気がした。しかし、話しても、話しても、苦しくなるばかりだ。整理できず、同じことを繰り返し何度も話してしまっても、山本さんは最後まで黙って聞いてくれた。

「愛、最近、いつ生理になった?」真剣な声で、山本さんが言う。

「二ヵ月くらい前」

「順調に来てないっていうこと?」

「うん」

「元から?」

「ううん」

ホームレスになる前、生理は二日か三日ずれることがあるくらいだった。漫画喫茶で暮らしはじめてからは、一週間くらい遅れるようになり、二ヵ月前に止まった。妊娠しているはずがないし、来ない方が楽でいいと思い、深く考えないようにした。

「病院に行こう」

「なんで?」

「だって、中に出されたんでしょ？」

「……うん」

「生理が順調じゃないんだったら、どういう結果になるかわからないから、早く調べた方がいい」

「嫌っ！」

もう夜になっているし、周りでは何色ものネオンが輝いているのに目の前が白く染まっていき、何も見えなくなる。

「妊娠してたら、どうするの？」山本さんは、わたしの手を握る。

「してないよ！　大丈夫だよ！」

「してなかったら、それでいいんだから、早く行こう。もしもの場合を考えて、急いでアフターピルを飲んだ方がいい」

「ピルなんか飲んだことないもん！」

「別に、ピルを飲むのは、悪いことじゃないの。こういう街で生きていくためには必要な知識があって、自分を守っていかなきゃいけないんだよ」

「わたし、ずっとここにいるわけじゃない！　お金貯まったら、普通の生活に戻るの！山本さんみたいに、ここを普通としている人たちとは、違うの！　知識なんて、必要ない！」

「わかった、わかったから、病院には行こう」

わたしがどれだけ振りほどこうとしても、山本さんは手をはなしてくれない。

「行かない！」

「ずっと行かないで、お腹が大きくなってきたら、どうするの？　産めないでしょ？　育てるようなお金ないでしょ？」

「だから、妊娠なんかしてないよ」

「中に出されたら、その可能性はあるの。それくらい、わかってるよね」

「わかってるけど……」

サチさんの家で会ったルキア君とキララちゃんのことを思い出した。どれだけ苦労しても、サチさんは二人のことをとても愛していて、大切にしている。だから、二人とも、輝く笑顔でいられる。

もしも妊娠していたら、わたしは産まれてくる子供を愛せない。

「行こう」

「……行けない」

「なんで？」

「保険証がない」

文房具メーカーの派遣の契約が切れた後で、社会保険から国民健康保険に切り替えた。最初の二ヵ月は、ちゃんと保険料を支払った。しかし、その後は払っていない。払わなくてはいけないとわかっていたが、年に何度も病院に行かないのだから、無駄にしか思えなかった。

保険証自体は持っているけれど、使えないだろう。

病院に行ったら、治療費を全額払うことになる。

お金がなければ、病気にもなれない。

わたしの神さま

どこかで蟬《せみ》が鳴いている。

あまり雨が降らないまま梅雨が終わり、夏になった。

こんな街中に蟬なんかいないと思うが、耳鳴りのようにずっと聞こえている。

朝から日雇いバイトで、ライブ会場の設営に行ってきた。

七月は野外イベントが多くて、設営の仕事がよく入る。力仕事は男性がやるので、わたしはひたすら柵や椅子を並べるだけでいい。外での作業はきついし、現場を仕切っている人に怒鳴られることもある。けれど、休憩の時にお弁当が出ることが多いから、黙って耐えて働く。集合時間は朝早くて、昼すぎには終わる。終わっても、行く場所がない。漫画喫茶のナイトパックを使える時間まで、街を歩きつづける。

デパートや家電量販店に入ると、そこにいる人たちと自分の違いを感じてしまうので、行かなくなった。日陰を探して、公園や神社を移動する。雨が降る日だけは、ファストフード店に入り、ポテトの一番小さなサイズを食べていいことにしている。ポテトと無料の水しか頼まないことを恥ずかしいと感じたのは、最初だけだ。

今日は晴れているから、さっきまでは駅の反対側の公園にいたのだけれど、未来が見えると言い張るおじさんがしつこく話しかけてきたので、神社に移動することにした。

漫画喫茶や出会い喫茶がある繁華街の前を通る。

暑くなって、露出の多い派手な服を着た女の子が増えた。しかし、彼女たちから夏らしさは感じられなかった。まだ十代や二十代前半の子でも、潑剌《はつらつ》としていない。もうすぐ夏休みだから、通りの向こう側にあるデパートには、高校生や大学生くらいの女の子たちが多くいて、はしゃぎながら買い物をしているだろう。そういう子たちがこちら側に来ることはない。

信号を渡れば、向こう側に行くことは、簡単だ。

それなのに、目の前の通りが、どうしたって渡れない深い川のように見える。こちら側にいる月日が長くなればなるほど、水嵩《みずかさ》が増し、橋は流されてしまう。

こちら側と向こう側では、世界が違う。

わたしはずっと向こう側で生きていて、こちら側に来るなんてありえないことだと考えていた。こちら側にいる人たちの生活を想像したこともなかった。

ホテルに行った日、山本さんと一緒に夜でも診てもらえる病院に行き、検査を待っている間に冷静になった。

出会い喫茶で茶飯やワリキリで稼ぐ女の子たちを何人も見てきて、話もした。彼女たちは、それぞれ事情を抱えていて、そうすることでしかお金を稼げない人もいる。だから、彼女たちを批判したり、見下したりするような気持ちはない。でも、わたしには、合わない。男の人からお金をもらって生活することは、どうしても肯定できなかった。肯定できなくても、それでも身体を売ることでしか生活していけない人もいることはわかっている。だからこそ、まだ他でお金を稼ぐ方法があるわたしは、もう出会い喫茶には行ってはいけない気がした。

傷の手当てをしてもらい、検査を受けて、念のためにアフターピルを飲んだ。アフターピルは、性行為をした後で七十二時間以内に飲めば、妊娠する確率はほんの数パーセントまで減る。自由診療で保険が使えないため、これに関しては保険証の有無は関係なかった。

そして、滞納《たいのう》していても、有効期限内ならば、保険証が使えることを受付のお姉さんに教えてもらった。「自治体によりますが、期限内でも滞納をつづけると、使えなくなることもあります」ということだった。今回はセーフでも、次も大丈夫というわけにはいかないだろう。保険が使える検査や診療は全額を払わずに済んだので、アフターピルと合わせて、もらった二万円で足りた。

次の日は漫画喫茶で休みながら、日雇いバイトの登録会に申し込んだ。

それから一ヵ月半くらい、毎日働いている。無駄遣いせず、できるだけ貯めるようにした。もう少しでアパートを借りられるくらいの額は、貯まる。八月になったらアパートを借りて、そのまましばらく日雇いバイトをつづける。それより先のことは、考えないようにする。ある程度の額が貯まったら、次にどうするか、決めればいい。

神社の前に着き、空を見上げる。

この街の空には、いつもぼんやりと靄《もや》がかかっている。

中学生や高校生の頃、夏休みは友達と一緒に海に行った。青い空の広がる輝く夏は、記憶の奥底に沈んでしまい、思い出すこともできない。

視線を下げると、通りの反対側、デパートの裏に知った顔が見えた。

彼だ。

日曜日だからか、スーツではなくて、ブルーのシャツにベージュのパンツを穿いていたけれど、すぐにわかった。

ラブホテルでの出来事が一気に胸の中によみがえってきて、眩暈《めまい》がする。

デパートの紙袋を両手に持ち、彼は背の高くてキレイな女の人と楽しそうに笑いながら歩いている。高級ブランドのお店が多く入るデパートだから、稼ぎはいいと話していたのは、嘘ではなかったのだろう。

いったい、彼が何をしたかったのか、全くわからない。

女の子相手に、乱暴なことがしたかっただけならば、わたしではなくてもよかったはずだ。すぐにホテルに行けるような女の子は、何人もいる。メロンパフェを食べたり、食事に行ったり、ワンピースを買ったりという行為は、必要がない。なんでも言うことを聞き、お人形さんみたいに好きなようにできる女の子が欲しかったのだろうか。彼の隣で笑っている彼女は、白いシャツにネイビーのパンツを穿いている。黄色い小花柄のワンピースなんて、彼氏に望まれたって着ないタイプだ。

どれだけ考えたところで、真実はわからない。

それは、この街で会った人たち、誰に対しても感じることだ。

ごまかし、嘘を重ねて、誰もが真実を隠している。本名さえも伝えられないまま、他人に戻っていく。たとえ、マユやサチさんとどこかですれ違ったとしても、お互いに声をかけたりなんてしないだろう。ナギは、今もシネコンの前にいるからたまに見かけるけれど、あの日から話していない。

一瞬だけ目が合った気がしたが、彼は表情を変えることもなく、駅の方に歩いていく。

眩暈は治まらず、景色が歪んで見える。

蟬の声が大きくなっていく。

頭が痛いし、気持ちが悪い。

倒れそうになったところで、後ろから手首をつかまれ、強く引っ張られた。

山本さんかと思ったが、男の人の手だ。

振り返ると、そこには雨宮がいた。

わたしの手首を強く握ったまま、雨宮はしゃがみこんで声を上げて泣く。

「どうしたの？」雨宮の背中に向かって聞く。

「どうしたのじゃねえよっ！　人がどれだけ、心配したか」

「……ごめんね」わたしも、しゃがみこむ。

高校生の頃から知っているのに、こんな風に泣くところは、初めて見た。

手を繋ぎ、泣きつづける雨宮の背中をさする。

†

怒った顔で、雨宮がわたしを見ている。

「それで、何してたんだよ？」

「いやあ……」

「ごまかそうとすんなよっ！」

「……うーん」

泣きつづける雨宮が落ち着くのを待ってから、駅にスーツケースを取りにいった。電車に乗り、雨宮のアパートまで来た。雨宮は、電車の中でも泣いていた。日曜日の昼間の電車は家族連れや若い子のグループで混んでいて、驚いた顔で見られた。

アパートに着くと、雨宮は顔を洗い、冷房をつけて、麦茶をグラス一杯飲み干した。わたしも、麦茶をもらった。

区役所に勤めて一年が経った頃から住んでいる１ＤＫの部屋だ。一階で、窓の外には小さな庭がある。サチさんの住む部屋とよく似ている。けれど、雨宮の部屋は、ちゃんと掃除されていて、健全な感じがした。庭では、プチトマトを育てている。

もう一杯麦茶を飲んで、いつもの雨宮に戻ったようだ。

奥の部屋のテーブルを挟んで座ると、イライラした口調で、色々と聞いてきた。

「今年に入ってから、半年以上、何してた？　どうして連絡が取れなかった？　スマホが使えなかったわけじゃないんだよな？」

「質問は、一つずつにしてください」わたしは下を向き、雨宮から目を逸らす。

「半年以上、何してた？」

「何もしていません」

「どこにいた？」

「さっき会った辺りの漫画喫茶です」

「なんで、漫画喫茶にいたんだよ？」

「お金がなくて、家賃が払えなくなったからです」

「どうして、オレに何も言わなかった？」

「だって、怒るじゃん！　今だって、怒ってんじゃん！」

わたしが顔を上げると、雨宮は反省した表情になり、頭を下げる。

「……ごめん」

「雨宮に相談しようと思ったよ。でも、雨宮、すぐに怒るから。怒られるだけならいいよ。軽蔑されたくなかったんだよ」

「……軽蔑なんてするはずないだろ」

「雨宮には、わかんないよ。お父さんとお母さんがいて、自分が希望した通り公務員になって、生活になんの不安もないでしょ？　たとえ、働けなくなっても、静岡の実家に帰れば、両親が援助してくれるでしょ？　わたしは、違うの。自分一人で、生きていかなくちゃいけないの」

「そんな風に言うなよ」雨宮はまた、泣きそうになる。

半年以上の間、雨宮は本当にわたしのことを心配してくれていたのだろう。でも、その気持ちがうまく感じられなかった。

「オレ、高校生の頃から、水越のことをすごいと思ってた」小さな声で、雨宮は話す。「同じクラスでも、ちゃんと話したことなんてほとんどなかったけど、水越の家の事情みたいなのは知ってた。母親が亡くなって、義理の母親と弟と暮らしていて、うまくいってないっていうことを噂で聞いた。でも、水越本人からは、そんなことを少しも感じなかった。バドミントン部の女子と一緒に、キャーキャー騒いでいて、普通に見えた。うちは、両親も兄貴も仲いいし、けんかしても反抗期っていう程度でしかない。水越がどれだけ苦労してるか、想像もできなかった」

「苦労なんてしてないよ」

「それは、うまくいってない家族が水越にとって、普通になってしまってるから、そう感じるだけだ」

「……うーん」

「大学に入って、水越と話すようになって、親から学費と家賃しか出してもらってないって聞いて、生活費の仕送りまでもらってる自分を情けなく感じた。大変なはずなのに、水越は、誰のことも頼ろうとしない。それなのに、人から面倒くさいことを押し付けられても、断れずにいる。そういう姿は、心配だった。高校生の頃から知ってる友達として、水越が頼りやすい存在でいようと思ってたのに、こんなことになって、オレは悔しいんだよ」

「……そう言われても」

何があったのか、雨宮に話さないわけにはいかないだろう。けれど、ホテルに行ってお金をもらったことだけは、黙っていよう。話せば、彼はわたしに対して怒りながら、自分を責める。

「家賃が払えなくなった時点で、オレを頼ってほしかった」

「その時に相談したら、雨宮がお金貸してくれたの？　仕事、紹介してくれたの？」

「それより、もっと必要なことを話せた」

「何？」

「オレが区役所の福祉課にいるって、知ってるよな？」雨宮は、顔を上げる。

「知ってるよ」

「生活保護とか考えなかったのかよ？」また怒っている口調に戻る。

泣きつづけられるよりも、この方が雨宮らしくていい。でも、怒られるのは、やっぱり苦手だ。

母はたまにしか怒らなかった。父は、常に怒っていたけれど、機嫌が悪かっただけだ。わたしのためを思い、愛情を持って怒ってくれる人が、わたしの人生にはいなかった。

怒られると、嫌われているんだと考えてしまう。

「健康なのに、生活保護はもらえないよ」

「違う！」大きな声で、雨宮は言う。

「何が？」

「それは誤解でしかない」

「そんなことないよ。不正受給とか言われるんだよ」

「不正受給というのは、収入があるのに申告せずに生活保護をもらいつづけようとしたり、家族の稼ぎを隠したりすることを言うんだよ」

「うちの家族には、稼ぎがあるから」

「父親だろ？」

「うん」

「連絡とってなくて、絶縁状態なんだろ？」

「うん」

「そういう場合は、不正受給にならないこともある」

けど」

「虐待やDVから逃げてきて、家族と連絡をとれない人も多い。そういう人に、家族に助けてもらえと言ってはいけないことになってきている。水越の場合、ちょっと微妙だけど」

ナギを雨宮に会わせたい。警察や児童相談所に行っても、そこで信頼できる人に会えるとは限らない。雨宮ならば、ナギが家族と会わずに、生活していける方法を考えてくれる。

けれど、ナギはもうわたしと話してくれないだろう。

感情的になり、傷つけてしまった。

父親から虐待を受けていたナギは、わたし以上に、怒られることを苦手としていると思う。

「日本人は、生活保護に対して、悪いイメージを持ちすぎている。もっと頼っていいんだよ。そういう制度がある以上、お金をもらうことは正当な権利だ。生活保護だけじゃなくて、失業保険とかも、すぐに不正受給って言われる」

「ああ、ハローワークに通ってた時、そう思ってた」

気楽そうにしている人を見て、求職活動しているフリをして、何もしていないのだろうと決めつけていた。それぞれに事情があるなんて考えもせず、自分以外の人は楽をしているように見えた。

「不正受給してる人もいるよ。けど、そう簡単に就職できないってことは、水越はよくわかってんだろ？」

「そうだね」

「フランスとかでは、そういう制度がもっと活用されている。日本人は、人のお金で暮らすことを卑しいって考える傾向が強いからしょうがないと思うけど、健康だから生活保護をもらってはいけないなんてことはない。家賃払えなくて、漫画喫茶で暮らす前に、そういうことを頼るべきだ」

「わたしの場合は、雨宮に頼れば良かったんだと思う。でも、そうできない人もたくさんいる。出会い喫茶で知り合った人の中には、子供二人いて、生活保護の申請や児童相談所に行ったけど、ちゃんと話せなかったっていう人もいた」

「出会い喫茶？」雨宮は、眉間に皺を寄せる。

「その話は、後でもいい？」

「良くねえよ」

「後で話すから、今はわたしの話を聞いて」

「わかった」納得していない顔で、うなずく。

「漫画喫茶や出会い喫茶で知り合った女の子が何人かいるんだけど、奨学金で借金を抱えていたり、シングルマザーだったり、実の親から虐待を受けていたり、それぞれが問題を抱えている。彼女たちは、どこに頼ればどういう支援を受けられるかも知らない」

「そういう場合、まず役所に来てくれれば」

「そこで雨宮と会えればいいよ。けど、親身になってくれる人ばかりじゃないでしょ？」

「そんなことはないはずだけど」

「役所としてそう思っていても、彼女たちはそう感じるんだよ。だって、四年制の大学を出て公務員になった人たちに、高校もまともに通えなかった彼女たちの気持ちがわかるの？」

「理解しようとはしてる」

「漢字も読めない、手続きするための書類の書き方もわからない、そういう人たちにイライラせず付き合える？」

「オレは、付き合うようにしてる。けど、正直に言って、そうじゃない人もいるのは事実だと思う。生活保護に関して言えば、不正受給しようとする人はいて、申請に来た人を疑ってかかることを癖《くせ》にしている職員もいるっていうのは、聞いたことがある。それに、年に何人か、生活保護をもらえずに亡くなる人がいるっていうのも、事実だから」

「その人たちは、どうして亡くなったの？」

「お金がなくなって、餓死《がし》した」

「わたし、そこまでの人が日本にいるなんて、前は信じられなかった。ニュースで見ても、自分には関係がないと思ってた。けど、今は信じられる。亡くなった理由は、餓死じゃない。その前の段階で、問題があったからだよ」

「申請に来たけど、うまく話を進められなかったっていうのは、言い訳でしかないよな。向こうの生活状況以前に、どういう環境で生きてきた人で、どういうことが苦手なのかっていうことを理解しようともしなかったんだと思う。堂々と申請に来て、すぐに書類を揃えて、サクサク手続きを進められるような人だったら、生活保護を必要とすることもないのに、そこら辺のことを想像もできないんだろうな」

「それでも、申請に行ける人は、まだいいんだと思う。中学生なのに、親から虐待を受けて、家に帰れなくなった子だっている」

ナギの他にも、十代の女の子をたくさん見た。

彼女たちに、行政と言ったところで意味がわからないだろう。

役所に行けば、家族に連絡されると考えている。

「うーん」雨宮は考えこんでいる顔で、うなり声を上げる。

「……ごめん、雨宮に話したところで、どうしようもないよね」

「いや、そんなことない。どうしようもないって考えるなら、今の仕事に就いていない。オレは、大学のボランティアサークルで児童養護施設に行って、そこにいる子たちと話して、役所に勤めようって決めた。それなのに、仕事が忙しくて、そういうことを考えられなくなった」

「サークルで、養護施設行ったりした？」

「水越は、そういうの来なかったけど、色々行ってたんだよ」

ちゃんとサークル活動に参加していればよかった。そしたら、こういう問題をもっと早くに考えられるようになっていた。しかし、大学生のわたしは、問題を知ったとしても、リアルには考えられなかっただろう。

「そういうことを考えていて、話したいっていうのは、わかる。けど、後にしよう。水越はまず、休んだ方がいい」

「えっ？」

「体調や精神的な調子が落ち着いてから、先のことを考えよう。それで、何があったのか、ちゃんと話してほしい。もう怒らないし、水越が話したくないことは、話さなくていい」

「うん」

「今日まで何があったか、オレの方からも話さないといけないことがあるから」

「何があったの？」

「いなくなった水越を捜して、オレ以外にも高校や大学の友達がどれだけ心配したと思ってんだよ」

「雨宮以外から連絡なかったよ」

「それは、オレが止めてたから。そういうことも、落ち着いてから話そう。何よりも、水越の家族のことを話さないといけない」

「家に連絡したの？」

「……後で話す」

「わかった」

雨宮が困った顔をしたから、今はそれ以上聞かない方がいい気がした。

「ここに泊めるわけにはいかないから、しばらくは、オレの彼女のところに行って」

「……彼女？」

「去年の終わりから付き合ってる。優しいお姉さんだから安心しろ」

「……お姉さん？」

「とりあえず、こっちに来てもらう」恥ずかしそうにしながら、雨宮はカバンからスマホを出し、庭に出る。

わたしは窓に張りつき、電話をかける雨宮を見る。

穏やかな笑顔で、話している。

優しいお姉さんの彼女は、前に付き合っていた女の子たちのような、雨宮を困らせるタイプではないのだろう。

陽が沈み、空がオレンジ色に染まっている。

雨宮の言うことを聞いて、しばらく休もう。

とても疲れていて、すごく眠い。

話し声が聞こえて、目が覚めた。

状況が理解できず、部屋の中を見回す。

雨宮の部屋だ。

神社の前で雨宮と会ったのは、夢ではなくて、現実だったのだと確かめる。

電話が終わるのを待つ間に、眠ってしまったようだ。

クッションを枕にして、タオルケットが肩にかかっているのは、雨宮がやってくれたのだろう。

台所には、雨宮の他に、女の人がいた。二人で話しながら、何か作っている。

「あっ！　起きた」女の人がわたしに気がつく。

「もう少し、寝てていいぞ」雨宮も、わたしを見る。

「ううん。もう起きる」

頭がぼうっとしていて、子供みたいな言い方になった。嫌なことや辛いことがあった時とは違い、幸せな気持ちで、深く眠れた。

しかし、幸せを感じるのと同時に、半年と少しの間に自分に起きたことを思い出してしまう。

もっと早くに雨宮を頼れば良かった。

どれだけ怒られたとしても、漫画喫茶で寝泊りして、男の人からお金をもらうような目に遭わないで済んだ。

わたしはどうして、雨宮を頼るよりも、ホームレスになることを選んだのだろう。

「どうした？　寒い？」女の人がわたしの横に来て、座る。

「大丈夫です」

「わたし、川瀬《かわせ》千鶴《ちづる》です。雨宮君の上司」

「彼女って言ってあるから」台所で雨宮が言う。

「あっ、そうなんだ。じゃあ、雨宮君の彼女。よろしくね、愛ちゃん」

千鶴さんは、笑顔でわたしを見る。

色が白くて、クリッとした目のかわいらしい人だ。若く見えるけれど、わたしと雨宮よりも年上なのだろう。雨宮は「優しいお姉さん」と言っていたし、千鶴さんも「雨宮君の上司」と言った。そんなに上ではないと思うが、年齢不詳という感じがする。柔らかそうな肌はつやつやしていて、年下と言われても信じられそうだ。

「よろしくお願いします」わたしが言う。

「愛ちゃんのことは、雨宮君から聞いてて、気になってたんだ」

「はい」

「去年の終わりに付き合いはじめて、すぐに愛ちゃんがいなくなっちゃったから、心配でしょうがないっていうことだけをずっと聞かされてた。付き合ったばかりで、他の女の子のことを話すっていうのはないいんじゃないかって、不満だったんだよね」

「なんか、すいません」

「けど、聞いてるうちに、わたしも心配になってたから、会えて嬉しい。しばらくは、わたしの部屋で一緒に暮らそう」

「えっと、それは、申し訳ないです」

「いいの、いいの。お姉さんは、雨宮君みたいな若造とは違って、まあまあいい部屋に住んでるから」

「……いくつなんですか？」

「うーん」千鶴さんは、目を逸らす。

「オレらよりも、十歳上」雨宮が言う。

「ええっ！」

「そんなに驚かないでよ」

「だって、見えないから」

「三十代半ばじゃ、人はそんなに老けません」不満そうに、千鶴さんは言う。

「いや、だって」わたしは、千鶴さんの顔やTシャツから出ている腕や手を見る。

どこをどう見ても、二十代としか思えない。

けれど、肌がキレイだから若く見えるわけではない。

千鶴さんは、もう若くないと言って、自分を卑下したりしないのだろう。

若さを価値の高いことのように思っていた自分が恥ずかしくなってくる。

わたしは、まだ二十六歳でしかなくて、世の中のことなんて何もわかっていない。

自分だけをかわいそうだと思い、誰のことも考えられなくなっていた。人生は、自分一人でどうにかすることなんてできない。

どうにかしようとして無理をすれば、誰かに心配かけることになる。

「夕ごはんは、鍋にした」雨宮がカセットコンロを持ってきて、テーブルに置く。

「なんで？　今、夏だよ」わたしが聞く。

「温かいものがいいと思って」千鶴さんが言う。「お肉も野菜もたくさん食べられるし」

「はい」

「食べられなかったら、無理しなくていいからね」

「食べられます。大丈夫です」

「水越の好きなもの、入れておいた」雨宮は台所に戻って土鍋を取り、カセットコンロの上に置く。

フタを開けると、白いスープの中に、たくさんの野菜と鶏肉の他に、餅巾着《もちきんちゃく》が入っていた。

餅巾着なんて、久しぶりに見た。

大学生の頃、コンビニにおでんを買いにいくと、わたしは必ず餅巾着を選んだ。みんなで鍋をやる時には、スープがどんな味でも、餅巾着を入れた。

「好きなだけ食べなさい」得意そうに、雨宮は言う。

「ありがとう」鍋を見ていたら、涙が溢れ出そうになった。

泣けば二人に心配をかけてしまうから、堪《こら》える。

「お酒は？　飲める？」千鶴さんが言う。

「やめておきます」しばらくは、飲まない方がいいだろう。

「じゃあ、お茶にしようね」台所に行き、千鶴さんはグラスに麦茶を注ぐ。

わたしが座っている間に、雨宮と千鶴さんが夕ごはんの用意を進めてくれる。手伝った方がいいと思ったけれど、動くだけ、邪魔になる気がした。二人は、何年も一緒にいる夫婦のように見えた。台所で話す姿を見ていると、二人の子供として、生まれ変わったような気分になってくる。

けれど、人は生まれ変わることなんてできない。

過去を引きずりながら、生きていく。

ホームレスだった頃に会った人たちの顔を思い出す。

そして、わたしもまだ、ホームレスだ。

無理しないとしても、いつまでも、雨宮と千鶴さんに甘えていいわけではない。お金を稼ぎ、家と仕事を探す必要がある。

「水越、明日は、どうするんだ？」台所でお箸やお皿を出しながら、雨宮が言う。

「バイトに行く」

明日は、日雇いバイトを入れた。工場での軽作業で、朝から夕方までだ。

「明後日も、バイト？」

「まだ入れてない」明後日以降も働けるとスケジュールを伝えてあるけれど、今ならばまだ、キャンセルできる。

「しばらく休める？」

「休めるけど、お金ない」

「それは、とりあえず、考えなくていい」

「考えないわけにはいかないよ」

「いいから」雨宮は、鍋の取り皿とお箸を持ってきてテーブルに並べ、わたしの前に座る。「やらないといけないことは他にある」

「何？」

「何がやりたい？」

「お金稼ぎたい」

「そういうことじゃなくて」

「うーん」

やりたいことなんて、何も考えられなかった。

お金を稼ぐことだけを考えて生きるうち、人間として大切な感情が欠落してしまったのかもしれない。生活するために、お金は必要で、軽く考えない方がいい。けれど、人生には、もっと大切なものがある。そのことを忘れてしまうと、お金も入ってこなくなる気がする。

命を守るためのお金であり、お金を稼ぐために生きているわけじゃない。

「健康ランドとか、どうだ？」

「うーん」お風呂には入りたいけれど、違う気がする。

「甘いものを食べにいったり？」

「それは、いい」首を横に振る。

「誰か友達と会ったり？」

「会いたいけど、もう少し経ってからにしたい」

「うーん、じゃあ」

「ああっ！　バドミントン！」

広いところで、思いきり身体を動かしたい。

「バドミントン？」

「バドミントンやりたい！」

「そっか、バドミントン部だったもんな」笑顔で、わたしを見る。

雨宮が、わたしの「神さま」だ。

生活

千鶴さんのマンションで眠り、仕事から帰ってきた雨宮と千鶴さんと一緒に夕方の公園でバドミントンをして、雨宮のアパートでごはんを食べて、また千鶴さんのマンションで眠る。二人が仕事に行っている間は、眠っているかテレビを見ているかで、何も考えないようにする。

ぼうっとしていると、漫画喫茶で寝泊りしていた間のことを不意に思い出し、不安になった。それは、恐怖に近くて、身体が震えた。とにかく急いで、仕事を決めなければ、わたしはまたあの街に戻ることになる。

そのことを雨宮に話したら、「今は、体調を戻すことだけ考えろ」と言われた。風邪をひいたりもしていないし、体調は悪くないと思ったけれど、眠っても眠っても足りないくらい、疲れていた。去年の大晦日にアパートを出てから、半年以上の間、興奮状態にあったのだと思う。常に精神的に落ち着かず、ものごとを冷静に判断できなくなっていた。

眠る前に、千鶴さんがハンドクリームで手をマッサージしてくれる。おばあちゃんみたいになった手は、元に戻らないだろう。けれど、毎日マッサージしたら、少しだけふっくらしてきた。布団に入って眠り、ごはんもしっかり食べるようにしたら、髪の毛や頬にも艶《つや》が戻った。

そうしているうちに、二週間が経ち、八月になった。

土曜日の朝、雨宮から電話がかかってきて「一人で、うちに来て」と、呼ばれた。今までのことやこれからのことを話さなくてはいけない。

連絡がくることを千鶴さんも知っていたみたいで、「無理しなくていいんだよ」と言ってくれた。「とりあえず、行ってみます」と言い、部屋を出た。

千鶴さんのマンションから雨宮のアパートまで、歩いて十分かからないくらいだ。

住宅街の中を歩いていき、バドミントンをやった公園の前を通る。まだ午前中だけれど、子供たちがいる。強い日差しを避けるように木陰のベンチに集まり、小学校三年生か四年生くらいの男の子たちがゲームで遊んでいた。ゲームならば、誰かの家に行けばいいのにと思うが、騒ぐから追い出されたのだろう。プール用のバッグを持った女の子たちがわたしの横を通り過ぎていき、公園にいる男の子たちに声をかける。女の子の方がお姉さんに見えるけれど、同級生のようだ。

自転車の前のカゴに買い物袋を入れて後ろに子供を乗せた女の人、部活に行く中学生の男の子たち、汗をかきながらも走って宅配便を運ぶ男の人、いつもよりちょっとお洒落した高校生くらいの女の子たち、住宅街の中にはたくさんの人の生活が溢れている。

去年の終わりまで、わたしにとっても日常だったはずの光景は、珍しいもののように見える。

目をつぶると、頭の中には夜が広がり、ネオンが溢れる。

アパートに着き、雨宮の部屋のインターフォンを押す。

すぐに雨宮が出てくる。

「早かったな」

「うん」

「上がって」

「お邪魔します」奥の部屋に行って、テーブルの前に座る。

「麦茶でいい？」台所で、雨宮が言う。

「うん」

雨宮は麦茶を注いだグラスを二つ持ってきてテーブルに並べ、わたしの正面に座る。

「なんでしょうか？」麦茶を一口だけ飲んで、わたしから聞く。

「水越がいなかった間のことやこれからのことを、そろそろ話そうと思って」

「……わたし、まだ話したくない」

思い出そうとすると、あの街で知り合った女の子たちではなくて、出会い喫茶で会った男性たちの顔が浮かんでくる。その真ん中で、ケイスケと名乗った彼が笑っている。

「水越自身のことは、いつか話せる時が来たら、話してくれればいい。オレはもう、水越に怒ったりしないから、話せると思った時にはなんでも話してほしい」

「怒ってもいいよ。優しくされると、同情されてるみたいだし、雨宮らしくない」

「そうか。まあ、オレも今は、怒りたいことは何もないし、無理に怒らないっていうだけだ」

「わかった」

この二週間、雨宮も千鶴さんも、とても優しくしてくれた。甘えてはいけないと思ったけれど、二人の子供になったような気分を、もう少しだけ味わいたかった。でも、雨宮が前みたいに怒ってくれないことに、惨めさも感じた。他の女の子には優しい雨宮が、わたしだけに厳しかったのは、親しい友達だと考えてくれていたからだ。優しくされると、友達ではなくなってしまったような気分になった。わたしが出会い喫茶に行ったりしたからだ、と卑屈に考えた。

出会い喫茶に行く女の子それぞれに事情があると、わたしは理解しているけれど、知らずに軽蔑する人が世間にはいる。雨宮はそんなことしないとわかっていても、悪い方へ考えてしまう。

これから先、同じ思いを繰り返すのだろう。出会い喫茶に出入りしていたことがばれないように生きていく。そこで、息苦しい思いをするならば、あの街に戻った方が楽に思える。

「まずは、仕事のことなんだけど」雨宮が言う。

「うん」

「オレの知り合いで、会社経営してる人がいる。農業支援とかやってる会社なんだけど、そこで働かないか？」

「そこで何すればいいの？　わたし、事務の仕事ぐらいしかできないよ」

「事務仕事をやりつつ、他の仕事もやって、適性を見るって言ってくれてる」

「うーん、それって、適性を見た後で、駄目だったら、クビになるの？」

「そういうことじゃない。水越に合う仕事を考えてもらえる」

「どういうこと？」

「オレじゃ、ちゃんと説明しきれないから、来週中に一回、その会社に行ってみないか？　休みとって、オレも一緒に行く」

「一人で行けるからいいよ」

「駄目。オレも行く」

「わかった」

来ないでいいと言いつづけるだけ、無駄でしかない。怒らなくなっても、雨宮は基本的にガンコだ。

「次に住む場所を決めて、住民票を移して、保険や年金の手続きをする。本来は今すぐに、千鶴かオレの部屋の住所を使ってでも、住民票を移さなければいけないのだけど、何度も役所に行くのは大変だから、落ち着いてからにしよう」

「うん」

「今、水越が持っている金だけだと、アパートを借りて、最初の給料日まで生活していくのは難しい」

「そうだね」

お金のことは気にしなくていいと言われたので、雨宮と再会してから、わたしは一円も使っていない。食事は雨宮と千鶴さんが用意してくれて、服も二人にもらった。今日は、雨宮がくれたTシャツを着て、千鶴さんにもらったジーンズを穿いている。

貯金は減っていないけれど、生活できる額は持っていない。あともう少し貯めれば大丈夫と考えていたが、冷静に計算してみたら、全然足りなかった。敷金や礼金のないアパートを借りられたとしても、生きていくためには、屋根と壁以外にも必要なものがたくさんある。食費を払い、光熱費を払い、トイレットペーパーを買ったりするお金がなくては、またホームレスに戻ることになる。

「仕事を始めるまでの間は、生活保護を申請するっていうことも考えた。部屋を借りるための支援とかもある。けど、前も言ったように、水越は微妙だと思う」

「微妙って？」

「父親に暴力を振るわれたりしたわけじゃない」

「ああ、うん」

「絶縁状態にあっても、第三者の目から見て、連絡をとれないほどだとは考えられない。

失業保険とは違って、金を借りられる可能性のある親族がいる場合、生活保護やその他の支援は受けられない」

「そうだね」

親と不仲だと言っても、ナギやサチさんほどの事情を抱えているわけではない。

「だから、まず実家に帰るべきだと思う」

「……うん」

「親父さんに頭下げて、金を借りろとは言わない」

「えっ？」

雨宮がそんな風に言うとは、考えていなかった。

家族なんだから話せばわかり合える、とか言うと思っていた。

「水越がいなくなって、高校や大学の頃の友達の何人かが、オレのところに連絡してきた。みんなで、水越に電話をかけたり、メッセージを送ったりしない方がいいと思ったから、オレに任せてもらうことになった。一度だけメッセージが返ってきて、生きてることが確認できた時には、みんな泣いていた」

「……ごめんなさい」

「いいよ。それだけの事情があったんだろうし、水越にとって頼れる友達ではなかったオレらにも悪いところはあった」

「そんなことはない」

　自分一人でどうにかしようと思い、友達を信用しなかったせいで、たくさんの人に心配かけてしまった。惨めになりたくなくて、誰もわたしのことなんて考えていない、と思いこむことにしただけだ。雨宮や他の友達が、わたしを心配しないはずがない。もしも雨宮が行方不明になったら、わたしは心配で心配で、何もできなくなるだろう。

「高校や大学の友達に聞いてまわって、誰も水越と連絡をとれていないっていうことを確認した後、静岡に帰った。バドミントン部で水越と仲が良かった女子に住所を聞いて、水越の実家に行った。そこで、親父さんに、捜索願を出すように頼んだ。家族以外でも、捜索願は出せるけど、同居中の友人とか雇主とか、条件がある。水越の場合、その条件に該当する相手がいない。だから、どうしても、家族に捜索願を出してもらうしかなかった」

「出してくれなかったんでしょ？」

　わたしが聞くと、雨宮は小さくうなずく。

「何年も会っていないし、どこでどうしているか全く連絡してこない娘の捜索願なんて出す気になれない、って言われた。血の繫がりはないけれど戸籍上は母親だからと思って、奥さんの方に頼んでも、主人がこう言ってますから、って断られた。弟の勇気君だけが、僕で良ければ、と言ってくれた。でも、未成年だし、ご両親もいるから、彼だけでは難しい」

　自分でも意外なほど、ショックだった。

絶縁状態だとしても、いざという時には父が助けてくれるんじゃないかと期待していた。けれど、こうなるとわかっていたから、わたしは父に連絡をとらないようにしたんだ。娘だと思われていないことを認めたくなかった。

貧困というのは、お金がないことではない。

頼れる人がいないことだ。

わたしには、頼れる家族がいない。

雨宮が見つけてくれなかったら、わたしはこの先何年も、漫画喫茶で暮らすことになっていただろう。たとえ就職できたとしても、病気になったりすれば、お金がなくなる。誰にも「助けて」と言えず、またあの街に戻ることになる。

あの街にいる女の子たちには、「助けて」と頼れる相手がいなくて、間違った相手を「神さま」だと思いこんでいる。

「どうしようもないって感じて、捜索願は諦めた。事件性が高くなければ、警察に捜索願を出したところで、何もしてもらえない。そこにこだわって時間をとられるよりも、自分たちで捜した方がいいって考えを変えた。スマホで連絡をとろうとしても無視されるだけだから、見つけ出して、直接話そうと決めた」

「うん」

「見つけ出すまで、たくさんの人に協力してもらった。それで、ボランティアサークルの後輩から、大学院で社会学の勉強している知り合いが水越さんと話したって言ってる、っていう報告があった。その人と会って話を聞いて、あの辺りにいるんじゃないかと思って、捜してた」

「仁藤さん？」

「そう」

公園で仁藤さんと会った時、わたしは逃げてしまった。親切にしてくれた彼女に頼るべきだった。

「オレや千鶴や他の友達で、水越に金を貸すことはできる。でも、水越は、実家に帰るべきだ」

「帰っても、交通費が無駄になるだけだよ」

「それも全部、回収するんだよ！」淡々と話していた雨宮は、声を荒らげる。「オレは、前まで、水越の話をちゃんと聞かずに、もっと家族と話すべきだと思ってた。事情があっても、仲良くなれるはずだって考えてた。そうできない人はいるって知ってたのに、理解しきれていなかった。けど、今回、親父さんと会って、水越が家族の話を避けてた理由がよくわかった。バドミントン部の女子からは、高校生の頃に水越がどんな目に遭ってたか聞いた」

「そんなに酷い目には遭ってないよ」

「そんなことはない！　子供として受ける権利のある愛情を放棄《ほうき》されたんだ」

「はっきり言われると、傷つくんですけど」

「……ごめん」雨宮は深呼吸して、麦茶を飲み干す。

「いや、いいよ」わたしも、麦茶を飲む。

「成人してるのだから、親に金をもらう権利はないと思う。でも、水越の場合は、違う。子供の頃にもらえなかった分を奪い取るべきだ」

「全くもらえなかったわけじゃなくて、学費と家賃は出してもらってたから」

「そうやって、遠慮するのがおかしいだろ?」

「ああ、そうなのかな」

「オレは、学費のことなんて考えたことなかったし、小遣いだってもらってた。自分が働くようになって、その額を計算して、親ってすごいって思った。今は、感謝してる」

「へえ、そうなんだあ」

知らない国の文化について聞いたくらい、衝撃を覚えた。

同じ街で生まれ育ち、同じ高校と大学に通っていたのに、わたしの家と雨宮の家で、常識が全然違うのだろう。雨宮の両親と会ったことはないけれど、優しい人たちなのだと思う。だから、雨宮も、誰にでも優しくできる人に育ったんだ。

わたしには優しい母がいたのに、お金のことで揉めている父ばかりに気をとられていたから、誰も信頼できなくなってしまった。自分の性格の卑屈さを父親のせいにはしたくないけれど、完全に切り離して考えることはできない。子供はどうしたって、親の影響を受けて育つ。

「水越よりも大変な思いをしてる人はたくさんいる」

「うん」

「けど、水越の実家を見て、しなくていい苦労をさせられたって感じた。家は一軒家だし、いい場所に建ってる。部屋の中を見ても、生活に苦労してるとは思えない」

「そうだね」

父は、常に金がないと言っていたけれど、そんなはずないことが今はわかる。借金はあっても、新しいお母さんと弟を連れてハワイに行ったりしていた。彼にとって、わたしはお金を使う価値のない娘だったんだ。

「弟、私立の制服着てたぞ。中学から私立らしいぞ」

「はあっ？」

「近所では有名な、秀才らしい」

「ああ、そう」

「むかつくだろ？　むかついてきただろ？」

「ちょっとだけね」

本当はすごくむかついていた。あの父親と一緒に暮らし、勇気も少しは苦労していると思っていた。でも、そんなことはないんだ。父は、勇気を自慢の息子だと感じているのだろう。

「その怒りをぶつけろ。そのために、実家に帰ろう」

「うーん」

「怒りをぶつけて、それでも何もしてくれないようだったら、親子の縁を切ってもらえ。そうすれば、支援を受けられるようになる」

「……考えさせて」

「わかった」

「まずは仕事の面接に行く。それで、いくら必要か計算して、足りない額をちゃんと出してから、どうするか考える」

「そうだな、そうしよう」

雨宮はカラになったグラスを二つとも持って台所に行き、冷蔵庫から麦茶を出して注ぐ。

窓の外では、蟬が鳴いている。

耳鳴りのように遠くではなくて、すぐ近くから聞こえる。

高校生の頃の夏休み、友達と海で遊んで帰っても、家には誰もいなかった。わたし以外の家族三人で、食事に出ていた。夕ごはんを作り、妙に広く感じるダイニングで一人で食べた。

あの時、わたしは、怒るべきだったのかもしれない。

†

洗濯してアイロンをかけたブラウスを着て、クリーニングに出したスカートを穿く。外は、よく晴れている。

気温が上がりそうだから、ジャケットは着ないで、カバンと一緒に持っていく。

寝室の鏡の前に立ち、全身をチェックする。

「忘れ物ない？」千鶴さんが寝室に入ってくる。

「大丈夫だと思います。履歴書は先に渡してるから、ハンカチとティッシュぐらいです。お財布も持ちました」

「雨宮君の紹介でも、嫌だなと思ったら、断っていいんだからね」

「はい」

今日は、雨宮と一緒に、面接に行く。

そのために、スーツをクリーニングに出して、髪を切った。肩の下まであった髪は、顎のラインまで短くした。クリーニング代も美容院代も、自分で出した。お金が減っていくことに不安を覚えたけれど、生活が戻ってきているという喜びもあった。

「夜ごはん、何がいい？」

「なんでもいいですよ」

「そういうのが一番困る」

「そうですよね。うーん、何がいいかな」

「お祝いっぽいものがいいよね」

「まだ就職が決まったわけじゃないですよ」

「あっ、そっか」声を上げて、千鶴さんは笑う。

千鶴さんが笑うと、花が咲いたように、周りが明るくなる。

わたしが行方不明だった間、千鶴さんがこの笑顔で、雨宮を支えてくれたのだろう。

雨宮にだけではなくて、わたしにも、千鶴さんがいてくれて良かった。他の友達の部屋だったら、こんなに何日もいられなかったと思う。千鶴さんの部屋は、1LDKで、わたしはリビングに布団を敷いて寝ている。それぞれのスペースをとれるから、気を遣いすぎないでいい。それだけではなくて、いつも笑顔の千鶴さんといると、母といるような気分になる。

母は、四十歳になるよりも前に亡くなった。今の千鶴さんとそんなに変わらない。

中学生だったわたしには、母の辛さも苦しさも理解できなかった。

わたしが頼るばかりではなくて、千鶴さんにとっても、わたしが信頼できる相手になれるといい。

「唐揚げとちらし寿司がいいな」わたしが言う。「子供のお誕生日会みたいな感じ」

「お祝いじゃん」

「就職できなかったとしても、面接に行くだけで、第一歩です」

「そうだね」

「あっ、でも、今日は、わたしと雨宮で夕ごはん作りますよ。お昼前には、面接が終わるから」

「いいの？」

「料理、得意なんで、任せてください」

「うーん」千鶴さんは、考えこんでいるような顔をする。

「どうかしました？」

「雨宮君と二人で作るのかあ」

「心配しなくていいですよ。今更、雨宮と二人で唐揚げを作ったところで、何も起こりません」

「本当に？」

「はい」

「正直言うと、今もちょっと心配なんだよね」そう言いながら、千鶴さんはベッドに座る。「雨宮君、愛ちゃんを本当に大切にしてるみたいだから。わたし、ずっと雨宮君のことをいいなと思ってたけど、すごく年下だから諦めようって考えて、いい上司のフリしてて、去年の終わりにやっと付き合えることになったのに、愛ちゃんのことばかりで」

「いい上司のフリから、どうして付き合うことになったんですか？」

「忘年会の後に家が近いから二人で帰ってきて、もう少し飲もうっていう話になって、雨宮君がうちにきたの」

「へえ」

「酔った勢いみたいなことで、忘れていいって言ったんだけど、雨宮君がちゃんとしたいって言ってくれて。三十後半の女に手を出した責任をとらなきゃって思ってるだけなのかも」

「わたしと雨宮、記憶がなくなるまで飲んだことが何回もありますけど、指一本だって触れたこともないですよ。他の女の子が相手でも、雨宮が酔った勢いで何かしたなんて、聞いたこともないです。もともと千鶴さんのことが好きだったのに、どうしていいかわからなくて、酒の力を借りたんですよ」

「そうなのかな？」

「そうだと思います」

「そっか」千鶴さんは嬉しそうな笑顔になり、立ち上がる。「そろそろ出ようか」

十年後の自分がどうなっているか想像もできないけれど、三十六歳や三十七歳というのは、わたしが思っているほど大人ではないのかもしれない。十年前のことを考えても、そういう気がする。高校生の頃、二十代後半はもっとしっかりしているものだと思っていた。三十代になっても、十代や二十代と同じように、好きな男の子のことで悩んだりするのだろう。

「行きましょう」

出勤する千鶴さんと一緒にマンションを出て、駅に向かう。

駅に着くと、雨宮が待っていた。

面接の付き添いでしかないので、スーツではなくて、半袖の白いシャツを着ている。

雨宮は、わたしと千鶴さんに気がつき、笑顔で手を振る。

千鶴さんの前でだけ、雨宮は特別穏やかに笑う。


三十分くらい乗ったところで、電車を降りる。

先に歩く雨宮についていき、駅前の通りを渡ったところにあるビルに入る。

嫌な予感はしていたが、的中した。

前に、日雇いバイトで、事務作業に行った会社の入っているビルだ。

ビル内には、いくつもの会社が入っている。雨宮は「農業支援とかやってる会社」と言っていた。日雇いで行った会社は、ネットで有機野菜を販売していた。同じビルに入っている別の会社だと考えるのは、無理がある。あの会社に勤めたいと思っていたけれど、採用されるはずがない。寝坊して、たった一日の仕事をサボった。前に来たことがあると話さなければ、ばれないかもしれない。一回だけ来たアルバイトの顔なんて、憶えられていないと思う。でも、嘘をつきたくない。一度でも嘘をつけば、嘘を重ねていくことになる。

「雨宮、ここ、無理だ」わたしが言う。

「なんで？」

「日雇いで来て、その次の時にサボった」

「どういうこと？」

何があったのか、話す。

ホームレスになったばかりの頃、日雇いバイトをしていたことも、詳しく話していなかった。

「そうかあ。でも、大丈夫だと思うよ」雨宮が言う。

「大丈夫じゃないよ」

「先に渡した履歴書についても何も言われなかったし」

「うーん」

「とりあえず、今日は、面接に行こう。嘘をつかなくても、正直に話せばいいんだよ。それで駄目だったら、残念。採用されたら、遅刻しないように、頑張る。そもそも、遅刻するタイプじゃないだろ？」

「うん」学校にも仕事にも、友達との約束にも、遅れたことはない。

「っていうか、フレックスだから、社員になれば、遅刻も何もないんじゃないか」

「そうなの？」

「そういうことも聞いて、水越のことを話して、今後について相談すればいい。一人で考えて決めるな」

「そうだね」

働きたかった会社の面接を受けられるのだから、逃げない方がいい。話すべきことを話して駄目だったら、後悔もしない。

「行こう」

雨宮についていき、エレベーターに乗り、五階で降りる。

思った通り、前に来た会社だ。

受付の前に立ち、雨宮は誰かに電話をかける。しばらく待つように言われたみたいで、受付横のソファーに座る。わたしも座って、持ってきたジャケットを着る。

「スーツで面接するような会社じゃないと思うぞ」

「いいの。それより、ここの社長と知り合いなの？」

「そうだよ」

「どういう知り合い？」

「飲み友達」

「へえ、ボランティア関係かと思った」

「もとは、それだけど、今はただの友達」

受付の奥のドアが開き、女の人が出てくる。

日雇いバイトの時に担当だった女性だ。

「ああっ、水越さん！」彼女は手を振りながら、わたしと雨宮の方に来る。

「あの、その節は、どうもすみませんでした」立ち上がり、わたしは頭を下げる。

「いいよ、いいよ、気にしないで。私は、遅刻でもいいから来てほしいって言ったの」

「そうなんですか？」頭を上げる。

「ここに来てもらったバイトさんの中で、水越さんはダントツで優秀だったから。上谷《かみや》君から、この子来たよね？　って履歴書見せられて、ビックリしちゃった」

「……上谷君？」

「ＣＥＯ」

「社長ですね」

「そう。改めまして、和泉《いずみ》です」カードケースから名刺を出す。

「水越愛です」名刺を受け取る。

「上谷君が奥で待ってるから、行きましょう」

「社長自ら、面接するんですか？」

「うちは、そうなの。上谷君が話を聞いて、採用するか決めるから」

和泉さんが案内してくれる方に、わたしと雨宮はついていく。

相変わらず、カフェみたいだ。

雨宮は、オフィスに来たのは初めてみたいで、珍しいものを見るように社内を見回す。

「オレの職場と全然違う」小さな声で、雨宮が言う。

「当たり前だよ。区役所がこうなはずないじゃん」

「こういう感じにした方が、人は集まりやすいんじゃないかな」

　カフェみたいに気軽な雰囲気の区役所にしたら、批判する人は大勢いるのだろうけれど、何かあった時に相談に行きやすくなるかもしれない。

　社会保険から国民健康保険にする手続きに行くだけでも、役所という場所は、ハードルが高い感じがした。どこに行き、どういう書類を書き、どこに出せばいいのか、ネットで調べてから行った。サチさんが一人で生活保護の申請に行くなんて、どう考えても無理だ。

　わたしが雨宮や千鶴さんと暮らしている間、サチさんやナギはどうしているのだろう。

「上谷君」和泉さんは、奥の広い机の隅でパソコンを見ている男性に声をかける。

　前にここに来た時、彼はグレーのトレーナーを着ていた。今日は、白いTシャツだ。

「二度目ですね」社長は立ち上がり、頭を下げる。

「よろしくお願いします」わたしは社長の前に立ち、頭を下げる。

「どうぞ」

「失礼します」木の椅子を引き、座る。

　わたしの隣に雨宮が座り、和泉さんは社長の隣に座る。

「事務仕事、得意なんですよね？」わたしの目を見て、社長が言う。

「仕事の内容にもよります」

「一般に庶務と言われている仕事は、一通りできます。前に日雇いのアルバイトで任せていただいたような仕事ならば、得意と言い切れます」

「なるほど。水越さんを採用すると、日雇いの人が来ないでよくなってしまうのか」目を逸らし、考えこんでいるような顔をして、しばらく黙る。

どこからどう見ても、大学生くらいにしか見えないけれど、いくつなのだろう。少し長めの髪はセットしていないから、動くのに合わせて、サラサラと揺れる。肌は白くて、なめらかだ。年齢なんて気にすることではないと思っても、気になってしまう。

「まあ、でも、最初の何ヵ月間かは、水越さんに事務の仕事をやってもらって、慣れてきたら、別の仕事をしてもらうことにして、そしたら日雇いの人にまた頼めばいいか」

「日雇いの人が来ないと、困ることでもあるんですか？」わたしから聞く。

「会社として困ることは特にないです」社長は、わたしを見る。「けど、うちの方針として、日雇いの人に来てもらうことにしてるんです。それで、その中に優秀な人がいれば、うちで働かないか相談します。水越さんはとても優秀だと聞いたので、また来てもらって、話をしようと思っていました」

「そうだったんですね。申し訳ありません」頭を下げる。

マユのせいだと思ってしまったが、自分のせいだ。

楽したくて、頼る相手を間違えたわたしに責任のあることだ。

「気にしなくていいです」

「あの、わたし、そんなに優秀じゃないですよ。新卒の時はどこにも採用されませんでしたし、派遣から正社員にもなれませんでした」

「水越さんが今まで受けた会社とうちでは採用方針が違うと思ってください。履歴書は一応書いてもらいましたけど、学歴とか資格とか、どうでもいいんです。志望動機だって、いくらでも嘘を書けるので、どうでもいいです。唯一見るとしたら、どういう字を書くかだけです。練習すれば、ある程度はキレイな字を書けるようになる。字が汚いのは、努力を放棄した証拠です。和泉さんから、水越さんは仕事が速い上に丁寧だと聞き、うちで働いてもらいたいと考えました。仕事する上で、丁寧ということは、とても大事です。それなのに、できない人が多い。雨宮君のおかげで、また会えて良かった。半年以上の間、大変な生活をしたみたいですね？」

「……はい」

「その間、何をしていたか、僕からは聞きません。うちの会社で働いてもらえる場合、その時のことを気にする必要もないです。水越さんがどういう暮らしをしていたか知って、それを良くないことのように言う人は、うちの会社にはいません。もしいた場合、言った方に辞めてもらいます」

「なぜですか？」

社長は偉そうなところが全然なくて、静かに話す。けれど、大学生にしか見えない容姿からは想像できないほど、強い意志のある人に見えた。

「僕は、大学を出ていません。高校は、どうにか卒業できました。大学に進もうと考えたことは、一度もないです」

「はい」

「母は、未婚で、僕を産みました。二十五年前、日本海沿いの小さな街で、それは差別されることでした。僕は父親が誰かも知らないので、妊娠するまでにも、人には話せない事情があったのだと思います。昼間の仕事に就けず、母はスナックで働いていました。何年かごとに、母の恋人は替わり、うちに来ます。彼らの多くは、僕を鬱陶しがって、暴力を振るいました」

いきなり深刻な話だと感じたが、聞いておいた方がいいことだ。話の流れでわかった年齢は、どうでもいいことでしかない。和泉さんは、驚かずに聞いているから、この会社で勤める誰もが知っている話なのだろう。

「ぐれるということも考えましたが、僕には向いていませんでした。ヤンキーと呼ばれる人たちがいる街だったので、中学生の頃は彼らと遊んでいた時期もあります。けれど、全然楽しくなかった。母は、スナックで働くことがとても辛そうだった。もともと、美大で絵の勉強をしていたんです。友人も少なくて、一人で絵ばかり描いていたようです。水商売に向いているわけではなかったのでしょう。妊娠して、僕が産まれてしまったから、大学を辞めて、苦手な仕事をしなくてはいけなくなった。ほんの数日だけぐれてみて、母のそういう気持ちが少しわかりました」

「はい」

「それでも、家に帰れば母の恋人に殴られるので、僕は友人の家で寝泊りさせてもらっていました。そこで、友人の兄から、パソコンの使い方を教わったんです。高校に入ってからは、学校のパソコンを使わせてもらい、起業できるように勉強しました。自分だけではなくて、母も一緒に貧困から抜け出すには、これしかないと感じたからです。大学を出ていなければ、高い給料をもらえる会社には就職できません。高卒と大卒の生涯賃金は、何千万円という差があります。それを引っ繰り返せる仕事に就かなくてはいけない。奨学金で、大学に行くことはできたのかもしれませんが、一日でも早くお金を稼げるようになりたかった。高校を卒業して、ネットを通して知り合った友人と起《た》ち上げたのがこの会社です。最初は大変でしたが、やっていけそうだと思ったところで、母が亡くなりました。以上です」

「えっ？」

「上谷君、話が少し足りない」和泉さんが言う。

「ああ、そっか、えっと、とにかく僕がそういう育ちで、うちの会社の社員の多くが似たような環境で育ってきたということです。なので、貧困家庭の子供たちの支援を会社の目標の一つとしています。それに同意できない人には、辞めてもらうしかない。水越さんのように、大学を卒業したものの、就職できずに彷徨《さまよ》っていたという社員も多いです」

「私も、そうなの」わたしを見て、和泉さんは微笑む。「大学には入ったんだけど、奨学金で通いました。学費だけではなくて、生活費の一部も奨学金に頼っていたから、卒業する時に返済額は五百万円以上になってた。就職できずに派遣で勤めていたので、給料は手取りで二十万円にもならない。頼れる人がいなくて、夜はキャバクラで働いていたんです。そこで、上谷君に拾ってもらいました」

「……キャバクラ？」

「あれ？　そういうの、駄目？」

「ああ、違います。和泉さんがキャバクラで働いていたことも意外なんですけど、社長がそういうところに行くようには見えなかったので」

「違うっ！」社長は、顔を赤くする。「別に、女の子目当てで、僕が行きたくて、行ったわけじゃない。雨宮君、説明して！」

「まあ、男が集まれば、そういうところに行くこともあるっていうことだ」雨宮が話す。「オレと上谷君だけじゃ行かないけど、他にもいる時は断れないからな。上谷君が嫌がれば嫌がるほど、おもしろがる奴もいるし」

「そう」和泉さんがうなずく。「それで、上谷君、隅に座って、オレンジジュース飲んで、帰りたそうにしてるんだもん。大丈夫？　って声かけて、話して、そういうことになったの」

「そういうこと？」

と思った。
「就職ね。男女の関係とかないから」
「ああ、そうなんですね」
和泉さんは、社長のことをなんでもわかっているみたいなので、付き合っているのか
と思った。
「とにかく、水越さんには、うちで働いてもらえればと僕は思っています」社長が言う。
「まずは、できることをやってもらいながら、どういう仕事をするか決めさせてくださ
い。うちの会社は、畑も持っていて、農作業とかもあります。そういう仕事も、やって
みてほしいと考えています。向き不向きがあるので、向かないことで無理する必要はな
いです。水越さんに向いていることを探してくれればいい。そういうことで、いかがで
しょうか？」
「よろしくお願いします」
社長は、すごく苦労して、誰よりも努力してきたのだろう。だが、努力だけで、会社
を成功させることはできない。もともと、頭のいい人なのだと思う。
しかし、キャバクラのことで赤くなったままの顔からは、そんな感じがしない。
母親がスナックに勤めていたから、そういう場所に複雑な気持ちを抱いているのだと
思うけれど、単純に恥ずかしがっているように見える。見た目が若いだけではなくて、
中身も幼いという感じがする。人と話すことがあまり得意ではないから、静かに話すの
だろう。

彼も、大人になることを拒否して生きてきたのかもしれない。

ナギと似ている感じがした。

「じゃあ、詳しいことを説明したいから、ちょっと待ってて」和泉さんは、席を立つ。

「はい」

「僕は、これで、失礼します」社長は席を立ち、お手洗いの方に行く。

「ありがとうございます」わたしも立ち上がり、背中に向かって頭を下げてから、座る。

「水越のこと、タイプなんだと思う」雨宮が言う。

「ええっ？」

「あんなに赤くなって、焦ってるの、初めて見た」

「そうなんだ」

「採用するっていうのとそれは、全然関係ないから、セクハラとか言うなよ。社長として、そういう気持ちは、必死に抑えようとしてるはずだから」

「言わないよ」

悪い気はしなかった。

それどころか、ちょっと嬉しい。

ドキドキして、胸の辺りが温かくなる感じがした。

誰かに好かれたり、誰かを気にしたりするというのは、こういう温かい気持ちになることなんだ。

もう一人の神さま

日曜日の朝早くに千鶴さんのマンションを出て、雨宮と一緒に、新幹線で静岡まで帰ってきた。

実家に帰るのは、大学二年生以来だ。

その時は、父も勇気も出かけていて、三年間だけお母さんだった人しかいなかった。

あいさつして、母の仏壇《ぶつだん》に手を合わせ、すぐに家を出た。それから、友達の結婚式とかで帰ってきた時に、母のお墓参りには行っても、実家には寄らなくなった。

白い壁の一軒家の前に、雨宮と二人で立つ。

外観は変わっていないが、駐車スペースに外車が停まっていて、高そうな自転車もある。

「行くぞ」雨宮がインターフォンを押そうとする。

「えっ？　押さなきゃいけないんだっけ？」

「ああ、そうか。水越の家だもんな」

「実家に帰る時、押すの？」

「押さない」

「でも、押した方がいいかな。いきなり、入る感じではない気がする」

「うーん、そうだな。連絡はしてあるけど」

来る前に、雨宮が父に連絡した。日曜日の午前中を指定したのは、父だ。東京から何時間かかるかなんて考えず、自分の都合だけ言ったのだろう。

「押そうか」わたしがインターフォンに手を伸ばす。

「いや、けど、ここは、娘としての権利を示した方がいいんじゃないか」

「いきなり入ったら、より一層、気まずくなると思うよ」

「家族で、気まずいって、なんなんだよ？」

「基本的に気まずいから、気まずくない家族の方が考えられないよ」

家の前で話していたら、玄関のドアが開いた。

高校生くらいの男の子がわたしを見ている。

勇気だ。

わたしより二十センチくらい小さかったはずの勇気は、わたしより十五センチくらい大きくなっている。目元が父とそっくりで、わたしともよく似ている。

「こんにちは」勇気が言う。

「こんにちは」わたしが言う。

久しぶりに会った姉と弟のあいさつではないと思ったけれど、それしか出てこなかった。

「あの、父も母も待ってるので、どうぞ」ドアを大きく開ける。

「じゃあ、お邪魔します」

わたしと雨宮は玄関で靴を脱ぎ、勇気に案内されるように、奥のリビングに行く。

高校を卒業するまで十八年以上住んでいたのに、他人の家のようだ。

L字型のソファーには、父とお母さんだった人が座っていた。勇気は、奥のダイニングに行って一人で座り、スマホを見る。

「お久しぶりです」父の前に立ち、わたしが言う。

「同行させてもらいました」雨宮が言う。

父は何も言わず、お母さんだった人は困ったような顔で、わたしと雨宮を見る。

就活じゃないんだから、すすめられるまで立っている必要なんてないので、わたしはソファーに座る。雨宮も、わたしの隣に座った。

「元気だった？」お母さんだった人が言う。

「……いいえ」

「大変だったみたいね」

「……はい」

「もう大丈夫なの？」

「……いいえ」

彼女としては、わたしに「もう元気です。ご心配おかけしました」とか、和《なご》やかに言ってほしいのだろう。

反発するわたしも悪いと思うけれど、問題ないフリをする彼女の態度には、どうしてもむかついてしまう。わたしが高校生の時もそうだった。彼女は、自分に都合の悪いことは見て見ぬフリをするために、母の遺品を勝手に捨てたんだ。父とわたしとのことに関係ないのだから、出ていってほしい。

「金なら出さないからな」父が言う。

「まだ何も言ってません」わたしが言う。

「お前は、子供の頃からそうだ。金が必要な時しか、連絡してこない。人のことを金としか、思ってないんだろ」

「……」

言ってやりたいことはあるのに、何も言い返せない。

雨宮がわたしの背中を叩くけれど、言葉は出てこなかった。

「メロン、食べましょうか」立ち上がり、お母さんだった人は台所へ行く。「もらいものなんだけど、いいメロンなのよ。ちょうど食べごろだと思って、冷やしておいたの」

冷蔵庫からメロンを出して、切り分ける彼女を、わたしと雨宮は黙って見る。勇気も、スマホから顔を上げる。

彼女は、八等分に切ったメロンを勇気の前に置く。それから、メロンを載せたお盆を持ち、リビングに戻ってきて、父の前に置き、雨宮の前に置き、自分の前に置き、わたしの前に置いてから座る。

わざととしか思えない順番に、自分がどれだけ嫌われているか、思い知る。

「いただきます」雨宮が言う。「せっかくだから食べろよ」

「うん」わたしもフォークを取り、メロンを一口食べる。

しかし、口に入れた瞬間に、吐き気がした。

リビングを出て、トイレに走り、口に入れたばかりのメロンを吐き出す。

ケイスケと名乗った男にされたことを思い出してしまった。

彼と一緒にメロンパフェを食べながら笑っていたわたしは、なんて間抜けだったのだろう。

「どうした？　大丈夫か？」追いかけてきた雨宮が言う。

「大丈夫？」勇気がタオルを持ってきてくれる。

父とお母さんだった人は、来ない。

雨宮と勇気の間を通って洗面所に行き、うがいをして、深呼吸をする。

廊下を走って、リビングに戻り、メロンが載ったままのお皿を床に叩きつける。

「何してんだ！」父は、立ち上がる。

「お金をください！」

「金は出さないって言ってんだろ。恋人がいるんだから、その男に出してもらえ！」リビングに戻ってきた雨宮を指さす。

「雨宮は友達で、恋人なんかではありません！」

「そんな男、連れてくるな！」

「わたしが誰といようと、なんの関心もないですよね？　父親として金を出す義務があるとか言われるのが嫌なんですよね？　雨宮が社会人として、まともそうだから鬱陶しいだけですよね？」

「親に向かって、そういう口の利き方していいと思ってんのか！」

「敬語、使ってますけど！」

「お前は、子供の頃からそうだ！　喋り方が生意気で聞いていられない！」

「父親があなたみたいな人なんで、育ちが悪いんです！」

「このっ！」

何も言えなくなったのか、父は手を振り上げる。

だが、その手は、わたしには飛んでこなかった。

娘を殴ってはいけないと思ったわけではなくて、暴力を振るえば自分にマイナスになると判断したのだろう。態度の悪い娘を殴るような愛情は持っていない。

「わたし、男の人に身体を売りました。よく知らない男とホテルに行って、セックスして、二万円もらったんです。暴力振るわれて、嫌で嫌で、死にたいくらいでした。もらったお金を使って、病院でアフターピルをもらいました。半年以上、漫画喫茶で寝泊りして、男の人からお金をもらう以外で、生きていく方法を考えられなくなったんです。

お金をいただけなければ、これからもそういう生活をつづけていくことになります」

「……」何も言わず、父は下ろした手を見つめている。

「娘にそんな生活をしてほしくないと思えるほどの愛情もないのならば、親子の縁を完全に切ってください。そうすれば、支援を受けて、生きていくことができます」

「……いくら必要なんだ?」

「……百万」

そんなになくてもいいが、ここまで来る新幹線の中で、雨宮から多めに要求するように言われた。その半分もらえれば、充分だ。

「そんなには、出せない。勇気の大学受験もあるし、色々と厳しいんだ」

「勇気を理由にしないでください。自分の好きなように生活するために、厳しくなっているんですよね? 表の車、見ました」

「お前たちのために、金を稼ごうと、努力してきたんだがな」

「本気で、わたしや母のためを思うならば、もっと他にやるべきことがあったはずです。わたしが寂しいと言ったら、帰ってきてくれたんですか? お金、お金と先に言ったのは、わたしではなくて、あなたです」

「……百万は無理でも、金は明日中に振り込む」

「必ずですよ」

「ああ、だから、もう二度と身体を売ったりなんかするな」

「……はい」

「……みっともない」父は、そう呟き、ソファーに座る。

余計なひとことをどうして我慢できないのだろう。

わたしに対する愛情で、父はお金を出すと決めたわけではない。

それでも、もらえるだけいいことにしよう。

呆然と立っているお母さんだった人と勇気の間を通り、わたしは玄関から外に出て、家から離れる。

「よくやった」雨宮は、わたしの頭を撫《な》でる。

「……ううっ」怒りたいのか、悔しいのか、泣きたいのか、わからなくて、うなり声を上げる。

「お姉ちゃん！」勇気がわたしたちを追って、走ってくる。

「何？」わたしは、振り返る。

「オレ、高校を卒業した後は、東京に出る。そしたら、連絡する。何かあれば、頼ってほしい」

この子は、あの家で育って、どうしてこんなにいい子になったのだろう。今日だって、自分には関係ないと言って、友達の家に逃げることはできたのに、待っていてくれた。勇気自身は両親の愛情を受けているとしても、わたしと父の間の揉めごとを肌で感じていたはずだ。あの父とあの母親が、勇気に正しい愛情を与えられるとも考えられない。

わたしを反面教師として、おとなしくしていた方がいいと考えたのかもしれない。それならば、彼も苦しんでいるのだろう。父に反発せず、黙っていい子でいながら、助けを求めている。

「勇気には、頼らない」

「金のことだけじゃなくて、弟として、頼れることはあると思うんだ」

「そうだね。でも、わたしが勇気に頼るよりも先に、勇気がわたしを頼って。東京に出てきて、辛いことがあったら、わたしに連絡して。静岡にいるうちでも、何かあれば、連絡してきていいから」

「……お姉ちゃん」

「じゃあね」

勇気に手を振り、わたしと雨宮は、駅に向かう。

三年間しか一緒に暮らしたことのない勇気を、弟として、かわいがるのは難しい。

でも、友達にはなれるんじゃないかという気がする。

一緒に暮らしていた頃、勇気はよく『アンパンマンのマーチ』を一緒に歌いたがった。まだ小さな子供だった彼なりに意思表示がしたかったのだろう。歌詞の中にある「愛と勇気だけが友達」というたった一行をわたしに伝えたかったのだと思う。

せっかく静岡まで来たのだから、友達と会ったり、雨宮の実家に寄ったりしようかと思ったが、すぐに東京へ帰ることにした。

誰かと話せる気分ではなかった。

新幹線の窓側の席に座り、外を眺める。

高速で通りすぎていく景色の中に、海が見えた。

海は、夏の日差しを浴び、輝いている。

穏やかで、波はほとんど立っていない。

凪《なぎ》だ。

ナギは、アニメや漫画のキャラクターの名前ではなくて、「凪」と書くんだ。

両親は、今日の海のように、穏やかで優しい娘に育つことを願って、名付けたのだと思う。

それなのに、どうして、虐待なんてしたのだろう。

「雨宮」隣に座る雨宮を見る。

「何？」

「助けたい子がいるの」

「誰？」

「漫画喫茶で寝泊りした時に知り合った女の子。助けるっていうのは違うかもしれないけれど、彼女が安心して暮らしていけるようにしてあげたい。まだ十代で、誰にも頼れずにいる」

雨宮に、ナギのことを話す。

話を聞きながら、雨宮は、眉間に皺を寄せる。

「気持ちはわかるけど、難しいと思う」

「どうして？」

「まず、水越自身がまだ万全とは言えない」

「そんなことないよ。体調もいいし、お金はもらえそうだし、仕事も決まったし、大丈夫」

「落ち着こう、冷静になろうって、一日に何回考えてる？」

「……そんなに考えてないよ」

「そんなにっていうことは、ゼロではない。それは、気持ちが落ち着いていなくて、冷静になれていない証拠だ。さっきのメロンみたいなことがあれば、またパニックを起こすかもしれない。仕事をして、生活するようになれば、自分に起きたことを思い出して、苦しむことになる」

「苦しんだりなんてしないよ」

「そんなことはない。今だって、また漫画喫茶に戻ることになったらどうしよう、って考えてるだろ？　その不安は、ずっと付きまとう」

「そうだね」

「それと、そのナギっていう女の子は、難しすぎる。彼女は、何も知らずにいた方が幸せかもしれない」

「どうして？」

「オレたちが普通と考えている暮らしに戻れば、彼女は自分のされたことやしてもらえなかったことを知ってしまう。水越の親父よりもずっと酷い親に育てられたことに、気がつく。その苦しみは、オレや水越が想像できるレベルのことではない」

「うん」

「性的な虐待や犯罪の被害に遭った人の中には、性に奔放《ほんぽう》になる人がいる。それは感覚を麻痺《まひ》させて、自分のされたことは大したことではないと思うためだ。彼女は、身体を売るのをやめれば、感覚の麻痺がなくなり、自分のしてきたことに気がつく。そしたら、死にたいほどの苦しみを覚えるかもしれない」

「そうだとしても、今のままでいるよりもいい。本当は、他にも助けたい女の子がたくさんいる。けど、今のわたしには、まだ無理だと思う。でも、ナギだけは放っておきたくないの」

「親切にしたいっていう自己満足だろ」

「自己満足でしかないかもしれない。それでも、見て見ぬフリはできない」

わたしは、半年以上、ホームレスとして暮らし、彼女たちのことを知ってしまった。

今もまだ、あの街には、たくさんの女の子がいる。辛い思いをしているとわかっている子をそのままにしておきたくない。

「ちゃんと生活できるまで、何年もかかると思うぞ。支援を受けて、学校に通えるようになって、表面的に元気になったように見えても、死ぬまで悩みつづけることになる。その間、ずっと一緒にいられるか？」

「大丈夫」

「本当に？」

「わたし一人が一緒にいるんじゃなくて、ナギみたいな子を守れる社会を作りたい。そのために頼れる人が、今のわたしの周りには、たくさんいる」

「オレとか？」雨宮は、自分を指さす。

「もちろん」

「オレも、福祉課に勤めていても、現実を知ってるわけじゃない。どれだけ勉強したところで、わからないことばかりだ。だから、水越の体験は、役に立つと思う」

「うん！」

「一つだけ約束しろ」

「何？」

「一人で頑張ろうとするな。ナギのことは、オレや千鶴や上谷君も一緒に考える」

「ありがとう」

わたしは、また窓の外を見る。

ビルが増えて、東京が近づいてくる。

東京に着いたら、すぐにナギを迎えにいこう。
もしもシネコンの前からいなくなっていても、会えるまでさがしつづける。
彼女を思うことで、わたしも救われる。
雨宮だけではなくて、ナギも、わたしの「神さま」だ。

解説

佐久間由衣

本を閉じた時、誰かの叫び声を聞いてしまった、そんな気持ちになった。聞く前の自分には、もう戻ることはできない。そして聞こえていないフリもできない。「生きているだけで、凄いことなんだ」ということを、小さくも大きくもない、心地の良いボリュームで、丁寧に伝えてもらった。そんな気がした。

この小説と出会った時のことを、今でも鮮明に覚えている。どこまでも高く澄んだ冬の空が広がる日、とある映画の準備の打ち合わせをしていた。何時間かその作品について話し込んだ後、話は大幅に楽しく脱線し、映画のプロデューサーさんと監督さんと、好きな小説の話題で盛り上がっていた。私が、周りに引かれてしまうくらいに小説への愛を語り尽くしていたそんな時、「佐久間さんと同じ年くらいの女の子が主人公のお話だから是非読んでみて欲しい」とプロデューサーさんに頂いたのがこの小説だった。

両手で受け取ったその本からは、想像していた以上の重みを感じ、これから出会う物語にドキドキした。紹介された友達と初めて会う、そんな胸躍る気持ちと似ていた気がする。単行本だったその本は、私のお気に入りの鞄から少しはみ出ていた。

その日、帰宅した瞬間に鞄から本を取り出し、緊張しながらカバーを外した。いつだって綺麗に保存しておきたいので、私は必ずカバーを外して本を読む。そこからはあっという間だった。ノンストップで読み終え、気づいたら朝だった。

カバーをつけなおした私は、すぐに本棚には仕舞わず目の前に置いた。そして携帯を開き寝不足の目を細めながら、畑野智美さんの作品をネットで全て購入した。

小説の余韻に浸りながら、それが自分の高校時代と重なっていく。

卒業後にアメリカへの留学を夢見ていたので、アルバイトを3つ以上掛け持ちしていた。飲食店の接客、スーパーのレジ、ホームセンター。日雇いの引越しや派遣のお仕事も積極的にやっていた。

ある派遣先でのアルバイト経験を思い出すと、今でも鳥肌が立つ。工場の中で、自分の名前でなく番号で呼ばれる仕組みや、休憩時間以外にお手洗いに行くことが許されない環境。そして私語厳禁。お昼休みにコンビニで買ったお弁当をひとり壁を見ながら食べた時間。まるで〝機械扱い〟される状況に、その日初めて降りた駅で、帰り道に不快感を覚え吐いたこともあった。

それでも全ては留学の為だと、決して貧しくはない家庭で育ててもらっていたのに、誰にも頼るまいと取り憑かれたように働いていた。

そして、18歳。雑誌の専属モデルオーディションのお話をいただき、モデルの世界に突き進むことに決めた。夢だったアメリカへの留学を1ヶ月だけ許可してもらい、帰国してからは今までお世話になっていたアルバイトを思い切って全て辞め、〝芸能のお仕事だけで食べていく〟と啖呵を切って実家を出た。自分を鼓舞し腹を括るためだったのだけれど、それでも、貯金がどんどん減って底をつき、家賃が払えなくなり、支払いを待ってもらうこともあった。そんな綱渡りのような時期が半年以上も続いた。


地元の友達の結婚式に着ていくお洋服が買えなくて、ネットで安いものを必死で探していたら朝になっていたことや、電車代もままならずモデルの友達との約束を何度も断ったこと。雑誌の〝私服企画〟では、出来上がった誌面をみて、華々しい他のモデルさんとの対比に泣きそうになったこと。

『神さまを待っている』を読むと、あの時期の自分と主人公の愛が重なる。今では、私のハングリー精神を鍛え糧になってくれた経験だとも思っている。だけどその全ては、肉体的な痛みとして昨日のことのように覚えていた。

二〇二一年。パンデミック最中の歴史的な瞬間を生きている今、この小説に出てくるサチさん、ナギのような人たちが、今どんな思いをしているのだろう、と考えると胸がいっぱいになる。

貧困というのは、お金がないことではない。頼れる人がいないことだ」というこの小説の中の核ともなる印象的な言葉がある。〝頼れる人がいない〟というのは、〝周りにそういった存在がいない〟ということだけでもなく、手を差し伸べてくれる人がいるのに、〝頼ることが出来ない自分〟ということも含まれるかもしれない。

私の場合、無くなっていく貯金に歯を食いしばって耐えたものの最後は、泣く泣く両親に頭を下げた。「頼る」ことを選んだので、愛のようなホームレスの道は免れたが、今思うと本当に本当に、紙一重だったと思う。愛と私の差は、私には私を応援してくれる家庭があった、という点。そして愛の方が、真面目だった、ということだけなのかもしれない。

畑野智美さんが描く物語は、決して高熱ではないけれど、微熱が続く毎日に似ている気がする。

『消えない月』『罪のあとさき』など、社会性を問う物語から『タイムマシンでは、行けない明日』などのようなファンタジーを越えたラブストーリーなど、優しく、時には鋭い視点で、私の人生に大切なことを思い出させてくれる。私はそんな畑野智美さんの作品の大ファンである。そのきっかけになった『神さまを待っている』の解説文を書くことができるなんて、いきなり宝くじが当たったような出来事だった。

この本に出会わせてくれた映画のプロデューサーさんにまだ報告出来ていないので、

どんな反応をされるかも楽しみだ。そしてもし映像化される際は、ぜひ関わらせていただきたい。私自身は〝あちら側〟への橋を渡らなかったからこそ、この物語の映像化を通して〝女性の貧困〟に対する理解を深め、経験させて頂きたいと思う。お金がない日々を過ごしていた過去の自分から、「役者という仕事を選んだのだから、挑戦しなさい」と背中を押す声が聞こえてくる気がする。

私は、誰かの声なき叫び声を、絶対に聞き逃したくない。瞳の奥の一瞬の曇りを、決して見過ごしたくない。手を差し伸べる勇気と、愛を、いつだって雨宮のように暑苦しく、しつこいくらい持つ人でいたい。

（俳優）

参考文献

『彼女たちの売春（ワリキリ）　社会からの斥力、出会い系の引力』荻上チキ（扶桑社）
『夜の経済学』飯田泰之、荻上チキ（扶桑社）
『女子高生の裏社会　「関係性の貧困」に生きる少女たち』仁藤夢乃（光文社新書）
『難民高校生　絶望社会を生き抜く「私たち」のリアル』仁藤夢乃（ちくま文庫）
『最貧困シングルマザー』鈴木大介（朝日文庫）
『最貧困女子』鈴木大介（幻冬舎新書）
『女性たちの貧困　〝新たな連鎖〟の衝撃』ＮＨＫ「女性の貧困」取材班（幻冬舎）
『女子と貧困　乗り越え、助け合うために』雨宮処凛（かもがわ出版）
『貧困女子のリアル』沢木文（小学館新書）
『貧困クライシス　国民総「最底辺」社会』藤田孝典（毎日新聞出版）
『貧困　子供のＳＯＳ　記者が聞いた、小さな叫び』読売新聞社会部（中央公論新社）
『「貧困女子」時代をかしこく生きる６つのレッスン』著・花輪陽子／漫画・ふじいまさこ（角川書店）
『失職女子。　私がリストラされてから、生活保護を受給するまで』大和彩（ＷＡＶＥ出版）
『ルポ若者ホームレス』飯島裕子、ビッグイシュー基金（ちくま新書）
『トイレの話をしよう　世界65億人が抱える大問題』著・ローズ・ジョージ／訳・大沢章子（ＮＨＫ出版）
『高学歴女子の貧困　女子は学歴で「幸せ」になれるか？』著・大理奈穂子、栗田隆子、大野左紀子／監修・水月昭道（光文社新書）
『生活保護で生きちゃおう！　崖っぷちのあなた！死んだらダメです。』著・雨宮処凛、和久井みちる／漫画・さいきまこ（あけび書房）

初　出　「別冊文藝春秋」三二六号〜三三四号
単行本　二〇一八年十月　文藝春秋刊

文春文庫

神《かみ》さまを待《ま》っている

定価はカバーに
表示してあります

2021年10月10日　第1刷

著　者　畑《はた》野《の》智《とも》美《み》
発行者　花田朋子
発行所　株式会社　文藝春秋

東京都千代田区紀尾井町 3-23　〒 102-8008
ＴＥＬ　03・3265・1211㈹
文藝春秋ホームページ　http://www.bunshun.co.jp

落丁、乱丁本は、お手数ですが小社製作部宛お送り下さい。送料小社負担でお取替致します。

印刷・萩原印刷　製本・加藤製本

Printed in Japan
ISBN978-4-16-791766-1